서맨사 하비
SAMANTHA HARVEY

소설 《황야》 《모든 것은 노래다》 《도둑에게》 《서풍》을 썼다. 제임스 테이트 블랙 기념상·여성 문학상·가디언 퍼스트 북 어워드와 월터 스콧상 후보에 올랐고 《황야》는 베티 트라스크상을 수상했다. 그 외 저서로는 논픽션 《형태 없는 불안: 잠 못 이루는 한 해》가 있다. 배스스파대학교에서 창의적 글쓰기를 가르친다.

《궤도》는 2024년 심사위원 만장일치로 부커상을 수상했고 같은 해 호손덴상을 받았으며, 오웰상 정치 소설 부문·어슐러 K. 르 귄 소설상 후보에 올랐다.

Orbital

옮긴이 **송예슬**

대학에서 영문학과 국제정치학을 공부했고 대학원에서 비교문학을 전공했다. 바른번역 소속 번역가로 활동하며 의미 있는 책들을 우리말로 옮기고 있다. 옮긴 책으로《매니악》《친구와 연인, 그리고 무시무시한 그것》《모든 소년이 파랗지는 않다》《3시에 멈춘 8개의 시계》《언캐니 밸리》 등이 있다.

ORBITAL
Copyright ⓒ 2023 by Samantha Harvey
Korean translation copyright ⓒ 2025 by Booksea Publishing Co.
Korean translation rights arranged with United Agents LLP
through EYA Co.,Ltd.

이 책의 한국어판 저작권은 EYA Co.,Ltd를 통한 United Agents LLP 사와의 독점계약으로 도서출판 서해문집이 소유합니다.
저작권법에 의하여 한국 내에서 보호를 받는 저작물이므로 무단전재 및 복제를 금합니다.

궤도

서맨사 하비

송예슬 옮김

서해문집

일러두기

* 본문 중 견명조체는 원서에서 이탤릭체로 강조한 부분이다.

북반구가 낮일 때 지구 궤도의 24시간

궤도 -1

우주선을 타고 지구를 돌다 보면 너무 함께이고 또 너무 혼자여서 생각과 내면의 신화조차 이따금 한데로 모인다. 가끔은 똑같은 꿈도 꾼다. 프랙털들과 파란 구체들과 어둠이 집어삼킨 낯익은 얼굴들의 꿈, 감각을 강타하는 밝고 활기찬 검은 우주의 꿈. 날것의 우주는 야생이자 원시의 검은 표범이다. 사람들은 그것이 선실을 활보하는 꿈을 꾼다.

사람들은 침낭에 들어가 있다. 한 뼘 거리 금속 외판 너머 우주는 그저 영원 속으로 펼쳐진다. 서서히 잠이 옅어지고 저 멀리 지구의 아침이 밝아 오면 노트북들이 새 하루를 알리는 메시지들을 조용히 깜빡인다. 언제나 또렷이 깨어 있는 정거장의 팬과 필터가 진동한다. 조리실에는 어젯밤 식사한 흔적이 그대로다. 사용한 포크들은 자석으로 테이블에 붙여 뒀고, 젓가락들은 벽에 달린 주머니에 꽂아 놨다. 파란 풍선 네 개가 순환하는 공기에 두둥실 떠 있다. 포일로 만든 깃발 장식에 **해피 버스데이**라고 적혀 있다. 누구의 생일도 아니었으나 축하하는 자리였고 다른 장식이 없기도 했다. 가윗날에 초콜릿이 묻어 있고, 접이식 테이블 손잡이와 이어진 줄에는 작은 펠트 달이 달렸다.

끝없는 끝을 향해 나아가는 동안 밖에서는 지구가 달빛에 아른거리며 뒤로 넘어간다. 태평양을 가로지르는 구름 다발이 밤바다를 코발트 빛깔로 밝힌다. 이제 남아메리카 해안이 가까워진다. 구름이 희부옇고 그을린 황금빛 땅에 산티아고가 있다. 밀폐된 셔터 안쪽에서는 볼 수 없지만 서태평양의 따뜻한 해역에서 무역풍이 열 엔진 폭풍을 일으켰다. 바람이 바다의 열기를 머금은 곳에서 구름이 두꺼워지고 뭉치며 수직으로 쌓인 형태로 회전하기 시작했고, 그게 태풍으로 발달했다. 태풍이 남아시아가 있는 서쪽으로 움직이는 동안 우주선은 동쪽으로, 멀리 오로라가 네온빛을 발하며 지평선을 반구로 감싼 파타고니아를 향해 동쪽과 아래쪽으로 나아간다. 은하수는 새틴 하늘에 쏘아 올려진 화약 연기의 자욱한 흔적이다.

우주선 안은 10월을 시작하는 화요일 새벽 4시 15분이다. 밖은 아르헨티나 남대서양 케이프타운 짐바브웨다. 오른쪽 어깨 너머 가늘게 녹아내린 빛의 틈새로 지구가 아침을 속삭인다. 이들은 침묵 속에 시간대들을 지난다.

이들은 저마다 어느 시점에 케로신을 연료로 사용한 발사체를 타고 하늘로 쏘아 올려졌다. 그리고 불타는 캡슐 안에서 흑곰 두 마리가 덮치는 힘에 맞먹는 무게를 느끼며 대기권을 통과했다. 흑곰들이 한 마리씩 물러나는 것을 느낄 때까지 몸통에 단단히 힘을 줬다. 그러다 하늘이 우주가 되고 중력이 잦아들고 머리카락이 솟는다.

지구 위에 떠 있는 거대한 H자 금속체 안에 여섯 사람이 있다. 홀린 듯 빙그르르 도는 네 명의 우주비행사astronaut(미국인, 일본인, 영국인, 이탈리아인)와 두 명의 우주비행사cosmonaut(러시아인, 러시아인), 여자 둘에 남자 넷, 열일곱 개 모듈을 연결해 시속 1만 7500마일로 이동하는 우주정거장 하나. 이 여섯은 더 이상 특별하달

것도 없이 예사로 지구 뒷마당에 나오는 새 우주비행사들이다. 멋들어지고 현실 같지 않은 지구 뒷마당에 이들이 있다. 홀린 듯 공중에서 느리게 몸을 내던지며 머리에서 발뒤꿈치로 빙그르르, 머리에서 엉덩이로, 손에서 발뒤꿈치로 돌고 또 돈다. 하루하루가 빠르게 지나간다. 이들은 저마다 아홉 달쯤 여기 머무를 것이다. 아홉 달 동안 이렇게 무중력 상태로 떠다니고, 머리가 퉁퉁 붓고, 비좁게 지내고, 넋 놓은 채 지구를 보고, 그러다 저 아래 진득한 지구로 돌아가게 된다.

외계 문명이 본다면 아마도 의아할 것이다. 저것들이 여기서 뭘 하는 거지? 어디로 가지도 않고, 왜 맴돌기만 하는 거야? 모든 질문의 답은 지구다. 지구는 환희에 찬 연인의 얼굴이다. 그래서 이들은 지구가 잠들었다 깨어나고 자기 버릇에 푹 빠져 사는 모습을 물끄러미 본다. 지구는 이야기와 기쁨과 그리움을 잔뜩 안고서 아이들이 어서 돌아오기를 기다리는 어머니다. 이들은 뼈의 밀도가 조금 낮아지고 팔다리가 조금 가늘어진다. 눈에는 뭐라 말하기 힘든 광경들이 가득하다.

궤도 1, 상행

로만이 일찍 잠에서 깬다. 침낭에서 나와 어둠을 헤엄쳐 실험실 창가로 간다. 어디야? 어디쯤 와 있지? 지구 위 어디쯤. 지구는 밤이고 저것은 육지다. 시야 끝자락에 녹슨 듯 불그스름한 것들 사이로 대도시 성운이 보인다. 아니, 도시는 둘이다. 요하네스버그와 프리토리아가 한 쌍의 쌍성처럼 엮여 있다. 대기권 고리의 바로 위쪽에 태양이 있다. 곧 있으면 햇빛이 지평선을 개어 땅을 뒤덮을 것이다. 그리고 단 몇 초 만에 새벽이 왔다 가면 한순간에 햇빛이 사방을 비춘다. 중앙아프리카와 동아프리카가 순식간에 환해지고 뜨거워진다.

오늘은 로만이 우주에서 보내는 434번째 날이다. 세 가지 임무를 하다 보니 그렇게 되었다. 로만은 꼼꼼히 시간을 셈한다. 지금 임무를 시작한 지는 88일째다. 9개월 동안 임무를 하면서 아침 운동으로 쓰는 시간은 통틀어 대략 540시간. 아침과 오후에 지상의 미국인, 유럽인, 러시아인 근무원들과 진행하는 회의는 500번. 4320번의 일출과 4320번의 일몰. 이동 거리는 1억 800만 마일에 이른다. 화요일은 36번인데 오늘이 그중 하나다. 540번 치약을 삼켜야 한다. 36번 티셔츠를 갈아입고, 135번 속옷을 갈아입는다. (속옷을 매일 갈아입는다는 것은 분에 넘치는 사치다.) 양말은 54번 갈아 신는다. 오로라, 허리케인, 폭풍의 횟수는 알 수 없지만, 그것들은 분명히 일어나고 있다. 달은 당연하게도 아홉 번 주기를 채운다. 날들이 엇나가는 동안에도 이들의 은빛 동반자는 잔잔하게 위상을 달리하며 움직이고, 그러면서도 하루에 몇 번씩, 가끔은 기묘하게 뒤틀린 모습으로 목격된다.

로만은 선실에 둔 기록지에 88번째 줄을 더할 것이다. 시간을 흘려보내지 않고 셀 수 있는 것으로 묶어 두려는 것이다. 그러지 않으면, 중심마저 떠내려간다. 우주는 시간을 조각낸다. 그러니 일어나면 매일을 기록하라고, **지금은 새날의 아침**임을 되뇌라고 훈련 때 들었다. 이를 명심해야 한다. 지금은 새날의 아침이다.

오늘도 그렇다. 그렇지만 이 새날에 이들은 지구를 열여섯 번 돌 것이다. 열여섯 번의 일출과 열여섯 번의 일몰, 열여섯 번의 낮과 열여섯 번의 밤을 볼 것이다. 로만은 창가 난간을 부여잡고 균형을 잡는다. 남반구 별들이 스쳐 지나간다. 당신들은 협정 세계시를 따르는 거라고, 지상 근무원들은 말한다. 이를 늘 명심해야 한다. 자주 시계를 들여다보며 마음을 정박시키고 일어날 때마다 스스로 되뇔 것. 지금은 새날의 아침이다.

오늘도 그렇다. 하지만 이날은 오대륙의 가을과 봄, 빙하와 사막, 황야와 전쟁터를 지나는 하루다. 지구를 돌고 빛과 어둠을 축적하고 추력과 비행 자세와 속도와 센서들의 난해한 계산을 가동하는 동안 아침은 90분마다 째깍 돌아온다. 요즘은 이들이 좋아하는 때다. 밖에서 잠깐 피어나는 첫새벽이 자신들의 시간과 일치하기 때문이다.

어둠이 걷히기 직전인 지금 달은 만월에 가깝고 대기권 빛과 닿을 듯 낮다. 조만간 낮에 밀려 자신이 소멸하고 말리란 것을 밤은 모르는 눈치다. 로만은 몇 달 후 자신이 침실 창가에서 밖을 내다보는 모습을 그려 본다. 아내가 고이 말려 놓은—로만은 이름도 모르는—꽃들을 옆으로 치우고, 김이 서린 빽빽한 여닫이 창을 힘주어 연 다음, 모스크바 하늘로 몸을 내밀어, 지금 보이는 저 달을 바라볼 것이다. 먼 외국으로 휴가를 다녀오면서 챙겨 온 기념품을 보듯이. 그러나 상상도 잠시, 대기권 위에 낮게 찌그러져 있는 달, 정확히 말해 이들 위에 있지 않고 대등한 존재처럼 맞은편에 떠 있는, 우주정거장에서 보이는 저 달의 풍경만이 전부가 된다. 침실과 집에 관한 단상은 사라지고 없다.

숀은 열다섯 살 때 학교 수업에서 〈시녀들〉이라는 그림을 배웠다. 이 그림은 보는 사람을 헷갈리게 해 무엇을 보고 있는지 모르는 상태에 빠트렸다.

그림 속의 그림이라고, 선생님은 말씀하셨다. 자세히 보라고. 바로 여기를. 화가 벨라스케스가 그림 속에 있다. 이젤 앞에서 그림을 그리고 있는데, 그가 그리는 왕과 왕비는 그림 바깥에, 그러니까 우리 자리에서 안을 들여다보고 있다. 우리가 그들의 존재를 아는 까닭은 우리 바로 맞은편에 그려진 거울 속에 둘의 모습이 비치기 때문이다. 왕과 왕비는 우리와 같은 것을 들여다보고 있다. 그러니까, 그들의 딸과 딸의 시녀들을 본다.

그림 제목이 〈시녀들〉인 것은 그래서다. 그러면 이 그림의 진짜 대상은 뭘까? (그림으로 그려지고 있으며 거울에 반사된 하얀 얼굴이 조그맣기는 해도 배경 가운데 있는) 왕과 왕비인가, (한가운데 주인공처럼 서 있고 어두운 방 안에서 유독 환한 금발이 돋보이는) 딸인가, 주변의 시녀들(과 키 작은 사람들과 샤프롱과 개)인가, 뒤편 문간에서 아마도 전갈을 전하려고 걸어 들어오는 미지의 남자인가, (이젤 앞에서 왕과 왕비의 초상화를, 어쩌면 〈시녀들〉을 그리는 모습으로 그림 속에 등장함으로써 화가로서 존재감을 드러낸) 벨라스케스인가, 아니면 왕과 왕비가 있는 자리에서 그림을 감상하는 동시에 벨라스케스, 어린 공주, 그리고 거울 속 왕과 왕비의 시선을 받는 우리인가? 혹은 (삶 속의 허상이자 눈속임이자 기교의 집합인) 예술인가, 아니면 (지각知覺과 꿈과 예술로 삶을 이해하려는 의식 속 허상이자 눈속임이자 기교의 집합인) 삶 자체인가?

아니면, 선생님 말씀대로, 그저 무無에 관한 그림일까? 그냥 몇 사람과 거울이 있는 방에 지나지 않는다면?

열다섯 살의 숀은 미술 수업에 흥미가 없었고 이미 꿈은 전투기 조종사로 정해 놓은 후였다. 숀에게 미술 수업은 그저 쓸모없는 시간이었다. 그림이 딱히 마음에 들지도 않았다. 의미가 궁금하지도 않았다. 그래, 정말 몇 사람과 거울이 있는 방에 지나지 않는지도 몰랐다. 그렇지만 굳이 손을 들어 말하지는 않았다. 숀은 공책에 기하학적인 도형들을 끼적였다. 그러다 목매달린 사람을 그리기 시작했다. 그걸 본 옆자리 여자애가 숀의 옆구리를 찌르며 눈썹을 치켜올리고 웃어 보였다. 스쳐 지나가듯 희미한 미소였다. 여러 해가 지나 숀의 아내가 된 그녀는 둘 사이에 무언가가 처음 오갔던 순간의 상징이라며 〈시녀들〉 그림엽서를 선물했다. 그로부터 또 몇 년이 지나 숀이 우주로 떠날 준비를 하느라 러시아로 가게 되었을 때, 아내는 엽서 뒷면에 깨알 같은 글씨로 그날 선생님이 했던 말들을 빠짐없이 요약해 적어 줬다. 숀은 하나도 기억나지 않았지만, 아내는 선명하게 기억했다. 놀랄 일은 아니었다. 아내는 숀이 만나 본 사람 중 누구보다 예리하고 명민했다.

숀은 선실에 엽서를 뒀다. 오늘 아침에는 그걸 들여다보며 아내가 뒷장에 적어 준, 〈시녀들〉에 있는 대상과 관점의 수를 생각한다. 왕과 왕비, 시녀들과 공주와 거울과 화가를. 응시하는 시간이 생각보다 길어진다.

미완으로 끝난 꿈이 채 가시지 않고 머릿속에 두서없이 펼쳐진다. 침낭 밖으로 나와 운동복을 입고 커피를 마시러 조리실로 간다. 페르시아만을 향해 툭 튀어나온 오만의 북단 땅, 쪽빛 아라비아해를 덮은 먼지구름, 아마도 카라치가 있을 거대한 인더스강 어귀가 얼핏 눈에 들어온다. 지금은 낮이라 보이지 않지만, 밤이 되면 커다랗고 복잡하게 얽힌 격자망을 볼 수 있다. 꼭 어릴 적 끄적이던 낙서 같다.

시간이 폭파된 이곳에서 이들이 자의적으로 따르는 시간 기준에 따르면, 지금은 아침 6시다. 다른 사람들도 하나둘 기상한다.

밖을 내려다보고 있으면 왜 지구를 어머니라고 부르는지 이해가 간다. 이들도 때때로 그렇게 느낀다. 지구와 어머니를 연관 지으면 자연스럽게 자식이 된 기분이다. 남자 여자 분간이 가지 않는 깔끔한 단발, 규정상 입도록 정해진 바지, 숟가락으로 떠먹는 식량, 빨대로 마시는 음료, 생일 축하 깃발, 이른 취침 시간, 임무를 하는 동안 강제되는 순결까지, 이곳에서 이들은 우주비행사

자아를 돌연 삭제당하고 어린 시절로 돌아가 작은 존재로서의 감각을 짙게 느낀다. 거대한 어머니는 돔 유리 너머에 언제나 존재한다.

지금 그 존재는 더욱더 거대하다. 금요일 저녁에 모두가 식사를 준비하는 조리실로 치에가 왔을 때부터였다. 치에는 충격에 핏기가 가신 얼굴로 들어와 자기 엄마가 죽었다고 했다. 손이 손에서 놓친 국수 팩이 테이블 위에 둥둥 떴다. 피에트로는 3피트쯤 헤엄쳐 치에에게 다가가 고개를 숙이고 치에의 두 손을 잡았다. 그 움직임이 미리 준비한 것처럼 아주 매끄러웠다. 넬은 알아들을 수 없게 뭐? 어쩌다? 언제? **뭐라고?** 같은 물음을 중얼거렸다. 그러자 창백했던 치에의 얼굴이 단번에 붉어졌다. 마치 그런 물음의 발화가 슬픔에 열기를 끼얹은 것처럼.

그 소식이 있고 나서부터 궤도를 (실제로는 아니지만 겉보기에는 정처 없이 떠돌 듯) 돌며 지구를 내려다볼 때, 이들 머릿속에는 한 단어가 떠오른다. 엄마 엄마 엄마 엄마. 이제 치에에게 남은 엄마는 본의 아니게 1년에 한 번 태양 주위를 도는, 하염없이 돌아가고 빛을 발하는 구체뿐이다. 아빠를 먼저 보내고 10년이 지나 엄마까지 여의었다. 이제 치에가 자신에게 생명을 준 존재로 가리킬 수 있는 것은 저 구체뿐이다. 저게 없으면 생명도 없다. 저 행성이 아니면 생명도 존재하지 않는다. 뻔한 사실이다.

가끔은 좀 새로운 생각을 하자고 스스로 되뇐다. 궤도에서는 너무 거창하고 오래된 생각만 붙들게 된다. 새로운 생각, 한 번도 생각해 본 적 없는 참신한 생각을 하자.

하지만 새로운 생각이란 없다. 그저 새로운 순간에 태어난 오래된 생각일 뿐이다. 그리고 지금 떠오르는 생각은, 저 지구가 없으면 우리 모두 끝장이라는 거다. 지구의 은총 없이 우리는 단 1초도 살아남지 못한다. 우리는 헤엄쳐 건널 수 없는 깊고 어두운 바다 위 배에 탄 선원들이다.

치에에게 무슨 말을 해야 하나. 궤도에 있는 동안 가족을 잃어 충격에 빠진 사람에게 어떤 위로의 말을 건넬 수 있나. 분명히 집으로 돌아가 작별 인사를 전하고 싶을 것이다. 여기서는 말해 봤자 부질없다. 그저 창밖으로 빛이 갑절로 또 갑절로 퍼지는 것을 바라봐야 할 뿐이다. 이곳에서 보는 지구는 천국과도 같다. 빛깔이 흘러넘치는 곳. 희망찬 빛깔이 터져 나오는 곳. 지구에 있을 때는 하늘을 올려다보며 이 행성이 아닌 다른 곳에 천국이 있으리라고 생각하지만, 이곳에서 우주비행사들은 이따금 이런 생각을 한다. 어쩌면 지구에서 태어난 우리 모두 이미 죽어서 사후 세계로 온 게 아닐까. 죽어서 가는 곳이 비현실적이고 믿기 힘든 세상이라면, 저 멀리 아름답고도 외로이 빛을 발하는 유리구슬 구체야말로 그런 곳이 아닌가.

궤도 1에서 궤도 2로

가장 멀리까지 날아간 인간이 아니게 되었는데 기분이 어때요? 지상관제사가 말한다.

오늘 비행사 넷이 지구 상공 250마일에서 선회하고 있는 우주정거장 너머 달을 향해 떠났다. 달로 떠난 우주비행사들은 멋들어지게 차려입고 50억 달러를 태우며 쏘아 올려져 이들을 지나쳐 갔다.

처음으로 추월당했군요, 지상 근무원들이 말한다. 이제 지나간 뉴스가 된 거냐며 농담한다. 피에트로는 지나간 뉴스가 낫지 내일 뉴스감이 되면 큰일 아니냐고 받아친다. 뼈가 있는 말이다. 우주비행사라면 뉴스감이 되기를 원할 리 없다. 한편 치에는 생각한다. 저 아래 지구에 엄마가 있다. 엄마가 남긴 모든 것이 저 아래 있다. 그게 사라지는 것을 백미러로 지켜보느니, 이렇게 올가미를 걸고 있는 게 낫다. 안톤은 우주 풍경이 보이는 창으로 페가수스자리와 안드로메다자리가 있을 곳을 내다본다. 그러나 무수히 많은 별 중에서 그 자리들은 쉽게 분간이 가지 않는다. 안톤은 피곤하다. 이곳에서는 깊이 잠들지 못한다. 계속 시차증에 시달리고 시도 때도 없이 어지럽다. 저기 토성이, 비행기 모양의 독수리자리가 있다. 달은 지척이다. 언젠가, 그도 저곳에 가게 될 것이다.

아침에는 땀을 흘리고 가쁘게 호흡하며 힘을 짜내어 중량 기구를 들고, 자전거 페달을 밟고, 트레드밀에서 달린다. 하루에 두 시간, 떠다니는 대신 중력을 따르려고 노력한다. 러시아인 단련실에서 안톤은 자전거를 타며 잠기운을 떨쳐 내고, 로만은 트레드밀 위에 있다. 모듈 세 칸 너머 비러시아인 단련실에서는 넬이 땀 맺힌 자기 근육을 보며 벤치프레스를 들어 올린다. 피스톤과 플라이휠이 중력 비슷한 힘을 모방한다. 넬의 가늘고 단단한 팔다리에 근육은 선명하게 잡히지 않는다. 아무리 단련실에서 두 시간씩 밀고 누르고 밟아도, 나머지 스물두 시간 동안은 몸이 어떤 힘에도 저항할 일이 없기 때문이다. 옆자리의 피에트로는 미국 트레드밀에 몸을 묶은 채 눈을 감고 듀크 엘링턴 음악을 듣는다. 지금 그의 머릿속에는 에밀리아로마냐의 야생 박하밭이 펼쳐졌다. 바로 옆 모듈에서는 치에가 자전거 위에서 저항력을 높인 채 이를 악물고 리듬에 맞춰 페달을 밟는다.

미세중력만 있는 이곳에서 인간은 따스한 날 공중을 나는 바닷새와 같다. 이두박근과 종아리 근육과 튼튼한 정강이뼈와 근육량이 다 무슨 소용일까? 다리는 과거의 유물일 뿐이다. 하지만 여섯 우주비행사는 날마다 이러한 소실의 욕구에 맞서야 한다. 헤드폰을 뒤집어쓰고서 중량 기구를 들고, 안장도 손잡이도 없이 구동 장치에 페달만 덜렁 달린 자전거에 올라타 음속의 스물세 배 속도로 제자리를 돌고, 자전하는 행성을 자세히 내다볼 수 있는 매끈한 금속 모듈 안에서 8마일을 달린다.

가끔은 찬 바람과 거센 빗방울, 가을 낙엽, 빨개진 손가락, 진흙이 묻은 두 다리, 호기심 많은 강아지, 화들짝 놀란 토끼, 폴짝 뛰어오르는 사슴, 움푹 파인 길에 고인 웅덩이와 그걸 밟아 젖어 버린 발, 야트막한 언덕, 곁에서 함께 뛰는 사람, 햇빛 한 줄기가 그리워진다. 그러다

가도 윙윙 울리는 소리 말고는 바람 한 점도 없이 평온 무사한 밀폐된 우주선에 안주하고 싶어진다. 그 안에서 달리고, 페달을 밟고, 힘을 주어 기구를 밀어내는 동안, 저 아래 대륙과 대양은 멀어진다. 연보랏빛 북극 지방, 뒤편으로 사라지는 러시아 동쪽 끝, 태평양에서 몸집을 키우는 폭풍, 건조한 땅과 산악이 빽빽하게 주름진 차드 사막의 아침, 러시아 남부와 몽골 그리고 다시 펼쳐지는 태평양.

몽골이나 러시아 동쪽 끝 황무지에 사는 사람이라거나 이런 것들을 조금이라도 아는 사람 누구도, 싸늘한 오후인 지금 비행기가 다니는 길보다도 더 높은 하늘에 우주선 한 대가 지나고 있으며, 거기 타 있는 인간이 무중력의 유혹에 굴복해 근육을 잃지 않기 위해, 새처럼 떠다니며 뼈를 다 소실하지 않기 위해 다리 힘으로 열심히 리프트 바를 들어 올리고 있다고는 떠올리지 않을 것이다. 지금 그렇게 힘쓰지 않으면 가엾은 우주여행자는 지구로 되돌아가 다리라는 게 다시 중요해졌을 때 온갖 문제를 겪게 된다. 열심히 들어 올리고 땀을 흘리고 밀어내지 않으면, 재진입할 때의 맹렬한 열기와 충격은 이겨 내더라도 캡슐에서 내릴 때는 한 마리 종이

학처럼 맥을 못 춰 끌어내려질 것이다.

궤도에 있다 보면 영영 떠나고 싶지 않은 욕망을 강하게 느끼는 순간이 찾아온다. 갑작스레 행복에 벅차오른다. 더없이 밋밋한 공간이지만 사방에서 행복이 튀어나온다. 실험실 선반에서, 리소토와 닭고기 카술레 팩에서, 스크린 패널에서, 스위치와 환기구에서, 갑갑하게 갇혀 있는 티타늄, 케블라, 강철 튜브에서, 바닥이 벽이며 벽이 천장이고 천장이 또 바닥인 공간에서. 손잡이가 발끝이 쏠리는 발판이기도 한 이곳에서. 에어록에서 뭔가 좀 섬뜩하게 대기 중인 우주복에서. 우주에 있음을 말해 주는 것들—그러니까 모든 것이—갑작스레 행복이 되어 들이닥친다. 그러면 집에 가기 싫어진다기보다 집이라는 개념이 내파內破한다. 너무 커지고 팽창하고 충만해져 스스로 함몰해서 붕괴해 버린다.

  임무 초반에는 다들 가족을 그리워한다. 심할 때는 속을 도려내듯 고통스럽다. 그러나 이제는 어쩔 수 없이 여기 있는 사람들을 가족으로 받아들였다. 자신들이 아는 것을 알고, 보는 것을 보는, 그래서 아무것도 설명할 필요가 없는 사람들. 지구로 돌아가면 무슨 일이 있었고 자신이 누구이고 무엇인지를 어디서부터 꺼내 놓아야 할까? 이들이 바라는 풍경은 태양 전지판들이 공허 속으로 잠기는 창밖 풍경이 전부다. 이 세계에서 리벳은 우주선 창틀에 박힌 것들뿐이다. 남은 평생 패드가 깔린 통로에만 머물고 싶어진다. 계속되는 윙윙거림을 들으면서.

이들은 우주가 날짜 감각을 없애려 한다는 것을 느낀다. 우주는 말한다. 날이 대체 뭔데? 스물네 시간의 하루를 지키려 하고, 지상 근무원들도 계속해서 그 점을 일깨워 주지만, 우주는 스물네 시간을 열여섯 번의 낮과 밤으로 돌려준다. 그래도 이들은 악착같이 스물네 시간을 산다. 시간에 매여 사는 허약하고 작은 몸이 아는 게 그뿐이기 때문이다. 그에 맞춰 잠을 자고 변을 누고, 모든 게 거기 묶여 있다. 하지만 첫 주가 지나기도 전에 마음은 시간의 속박에서 자유로워진다. 하루 개념이 없는 기이한 영역으로 풀려나가 질주하는 지평선 위를 타고 넘는다. 분명히 낮인데 밀밭에 몰려드는 먹구름처럼 밤이 찾아오는 것을 본다. 그러다 45분이 지나면 또 낮이 찾아와 태평양에 깔린다. 과거에 생각했던 것과 전혀 다른 세상이다.

이제 러시아 동쪽에서 대각선으로 오호츠크해를 건너 내려가면 한낮의 일본이 연보랏빛 회색으로 모습을 드러낸다. 이들이 지나는 길은 일본과 러시아 사이를 띄엄띄엄 잇는 쿠릴 열도의 가느다란 선과 교차한다. 흐릿한 빛에 싸인 그 섬들이 치에의 눈에는 말라붙은 발자국처럼 보인다. 물 위에 떠 있는 유령이 그녀의 나라다. 한때 치에가 꿨던 꿈이다. 그 나라의 홀쭉한 땅이 비스듬히 기울어져 있다.

치에는 운동을 마치고 수건으로 몸을 닦으며 실험실 창밖을 내다본다. 무중력 상태의 단발이 가만히 일자로 선다. 남은 평생 궤도에만 머무를 수 있다면 모든 건 무사할 것이다. 엄마는 치에가 지구로 돌아가기 전까지는 죽은 게 아니다. 이건 마치 의자 뺏기 놀이와 같다. 모두가 앉을 의자는 부족하지만, 노래가 나오는 한 의자 개수는 중요하지 않고 모두가 게임을 즐길 수 있다. 멈춰서는 안 돼. 계속 움직여야 해. 이 대단한 궤도를 돌고 있는 한 당신은 무사하며 무엇도 당신을 건드리지 못한다. 지구가 우주를 질주하고, 시간에 취한 당신이 빛과 어둠을 뚫고 전속력으로 그 행성을 뒤쫓는 한, 끝은 없다. 끝은 있을 수 없다. 오직 돌고 돌 뿐이다.

돌아가지 마. 여기 계속 있는 거야. 크림처럼 뽀얀 바다의 빛은 몹시도 아름답다. 잔잔한 구름은 잔물결을 일렁인다. 줌 렌즈로 보면 후지산 정상에 내린 첫눈이, 어릴 적 치에가 헤엄치고 놀았던 나가라강의 은빛 줄기가 보인다. 그냥 여기 있는 거야. 전지판들이 태양 빛을 흡수하는 완벽한 이곳에.

우주정거장에서 보는 인류는 밤에만 드러나는 존재다. 도시의 빛이자 도로를 밝히는 필라멘트다. 낮이 되면 사라진다. 버젓이 나와 있어도 보이지 않는다.

오늘 하루 열여섯 번 돌게 될 궤도를 두 번째로 도는 지금, 만약 시간을 한 토막 내어서 지구 한 바퀴를 도는 내내 바깥을 내다볼 수 있다고 해도, 인간이나 동물의 흔적은 찾아보기 힘들 것이다.

아침이 막 밝아 올 무렵 경로는 서아프리카와 가까워진다. 압도적으로 쏟아지는 빛이 인간의 지형지물을 죄 덮어 맨눈으로는 아무것도 보이지 않는다. 허연빛에 잠긴 중앙아프리카, 캅카스산맥과 카스피해, 러시아 남부, 몽골, 중국 동부, 일본 북부를 지난다. 밤이 찾아올 무렵 서태평양에는 육지도, 인류의 존재를 선언하는 도시들도 보이지 않는다. 이번 궤도는 밤 내내 깜깜한 대양을 지나게 되어 있다. 뉴질랜드와 남아메리카 사이 태평양 한복판을 슬그머니 지나 파타고니아 끄트머리를 스쳐 다시 아프리카로 올라가고, 대양이 끝나며 라이베리아, 가나, 시에라리온 해변으로 올라올 무렵에는 일출 빛이 어둠을 뚫고 나오면서 낮이 쏟아져 들어온다. 북반구 전체가 다시 환해지며 인간 없는 곳이 된다. 바다, 호수, 평원, 사막, 산, 강어귀, 삼각주, 삼림, 부빙이 펼쳐진다.

이들이 궤도를 도는 모습은 미개척지를 찾아다니는 은하계 여행자들을 닮았다. 이들은 아침을 먹기 전 밖을 내다보며 이렇게 말한다. **함장님, 아무도 살지 않나 본데요. 몰락한 문명의 잔해일지 모른다. 착륙하게 추력기를 준비하라.**

궤도 3, 상행

우주선을 옛날 농가처럼 꾸밀 순 없는 건가, 피에트로가 아침 식사 자리에서 말한다. 꽃무늬 벽지를 바르고 떡갈나무 기둥도 세우면 좋잖아. 모조 떡갈나무여야겠지. 가볍고 불에 잘 타지 않는 것으로 말이야. 낡은 안락의자 같은 것도 좋겠어. 옛날 이탈리아 농가 느낌이 나게. 아니면 영국풍으로.

그러자 모두가 영국에서 온 넬을 본다. 넬은 어깨를 으쓱한 뒤 **페를롭카** 팩을 헤집는다. 통보리로 만든 죽 같은 것인데 로만과 안톤이 러시아 식량 보관실에서 내줬다. 넬이 그걸 뒤섞는다.

아니면 옛날식 일본 가옥도 좋지, 치에가 말한다. 훨씬 더 좋아. 가볍고, 간소하고.

나는 찬성이야, 천사처럼 둥둥 떠다니는 손이 말한

다. 무언가가 생각난 듯 치에를 가리켜 티스푼을 까딱한다. 히로시마에서 멋진 전통 가옥에 묵은 적이 있거든. 민박집 같은 거였는데 주인이 미국 기독교인들이었어.

미국 기독교인들은 어딜 가나 있지, 치에가 젓가락으로 연어 토막을 집으며 말한다.

맞아, 지구 밖으로 나와도 우리한테서 못 벗어나.

곧 벗어나게 되어 있어, 로만이 말한다.

아, 그래 봤자 지구로 돌아가는 건데 거기야말로 우리 세상이야. 손이 대꾸한 뒤 고개를 끄덕이며 주변을 둘러본다. 옛날식 일본 가옥으로 손보면 딱 좋겠는데.

피에트로는 시리얼을 다 비우고 자석 식판에 숟가락을 붙인다. 지구로 돌아가게 됐을 때 내가 바라는 게 뭔 줄 알아? 필요 없는 거. 쓸데없는 거. 선반에 그냥 올라가 있는 장식 같은 거. **러그**라거나.

로만이 웃는다. 술도 섹스도 아니고 그냥 러그라니.

러그 위에서 내가 뭘 **하겠다고**는 말 안 했는데.

그렇지, 안톤이 말한다. 말하지 않았지, 하지 말아주라.

뭘 할 건데? 넬이 묻는다.

치에가 눈을 찡긋한다. 그래, 피에트로, 뭘 하려고?

누워야지, 피에트로가 말한다. 그리고 우주 꿈을 꿀 거야.

새 하루가 빗발치듯 찾아온다.

이제 피에트로는 선내 바이러스, 균류, 박테리아에 대해 무언가를 더 알려 줄 미생물을 확인하러 갈 것이다. 치에는 하던 대로 단백질 결정을 키우고 미세중력이 신경 기능에 미치는 영향을 알 수 있게 스스로 MRI 장비와 연결해 주기적으로 하는 두뇌 스캔을 할 것이다. 숀은 중력과 빛이 부족한 환경에서 식물 뿌리에 무슨 일이 일어나며 식물을 언제 어떻게 키워야 하는지를 알아보기 위해 애기장대를 관찰할 것이다. 치에와 넬은 선내에 태운 실험 쥐 40마리가 잘 지내는지 검사하고 데이터를 취합해 우주에서의 근력 손실을 연구할 것이며, 이후에는 숀과 넬이 연소 실험을 수행할 것이다. 로만과 안톤은 러시아 산소 발생기를 관리하고 심장 세포를 배양할 것이다. 그러면서 안톤은 양배추와 키 작은 밀에 물도 줄 것이다. 또 이들은 두통이 있는지, 있다면 정확히 어느 부위에, 어느 강도로 느껴지는지 보고해야 한다. 어느 시점에는 지구가 보이는 창가에 카메라를 가져다 놓고 지구에서 전달받은 목록에 적힌 곳들을 촬영해야 한다. 특별 관심 대상이라고 표시된 위치는 각별히 신경을 써야 한다. 화재 탐지기를 교체하고, 2번 슬롯의 물 보충 탱크를 갈고, 3번 슬롯의 물 저장 시스템에 새 탱크를 설치하고, 샤워장과 주방을 청소하고, 허구한 날 고장 나는 변기를 손볼 것이다. 이들의 하루는 각종 머리글자로 요약된다. 이를테면 MOP, MPC, PGP, RR, MRI, CEO, OESI, WSS의 WRT, T-T-A-B 등등으로.

오늘 특별 관심 대상 중에서 가장 중요한 것은 서태평양을 지나 인도네시아와 필리핀으로 향하는 태풍이다. 이 태풍은 갑작스럽게 세력을 모은 듯 보인다. 지금 경로에서는 보이지 않지만, 궤도를 두 번 더 돌아 서쪽으로 가면 따라잡을 것이다. 사진과 영상을 찍을 수 있을까, 인공위성 영상을 확인하고 태풍의 크기와 속도를 평가할 수 있을까? 이 모든 건 이들이 으레 하는 일들이다. 기상 예보관이 되어 초기에 경보를 발동한다. 태풍의 진로와 교차할 궤도들을 확인한다. 오늘 아침 남쪽으로 가는 네 번째, 다섯 번째, 여섯 번째 궤도, 밤에 북쪽으로 가는 열세 번째, 열네 번째 궤도. 물론 밤이 되었을 때 이들은 잠을 자고 있겠지만.

아침 일찍 넬은 형제에게서 이메일을 한 통 받았다. 독감으로 몸이 안 좋다고 했다. 넬은 새삼 생경함을 느꼈다. 아팠던 적이 언제였더라? 우주에 오고 나서 넬은 다시 젊어졌다고 느낀다. 통증도 고통도 없다. 기껏해야 우주여행으로 인한 두통 정도인데 그조차도 넬은 심하지 않다. 무게가 가뿐해지고, 관절에도 머릿속에도 아무런 압박이 가해지지 않고, 선택지가 없어진다는 것. 하루하루가 분 단위 일정으로 짜여 진행된다. 누군가가 하라는 대로 하다가 보통은 지쳐서 일찍 잠들고, 또 일찍 일어나 새 하루를 시작한다. 유일하게 내리는 결정은 무엇을 먹을지 정도인데, 그 역시 선택의 폭은 극도로 좁다.

형제는 반농담조로 혼자 아프니 서럽다고, 넬은 **부유하는 가족** 다섯과 늘 함께여서 참 좋겠다고 했다. 하지만 이곳에서 **좋다**는 감정은 낯선 단어다. 잔혹하고 비인간적이며 위압적이고 외롭고 별나고 장대한 이곳에서는. 좋은 점은 단 한 개도 없다. 넬은 그렇게 적었다가 시비를 거는 것 같기도 하고, 그의 말을 반박하거나 무시하는 것 같을까 봐 그냥 보고 싶다는 말과 함께 세번강 어귀의 일출 사진과 달 사진, 관측창에 있는 치에와 안톤 사진을 첨부해 보냈다. 넬은 지구에 있는 사람들에게 무슨 말을 해야 할지 종종 난감하다. 이곳에서 작은 일들은 너무 시시하고 나머지는 너무 경이로워서 중간이 없는 듯하다. 일상적인 가십도, 그 남자가 그랬다더라, 그 여자가 그랬다더라는 뒷이야기도, 우여곡절도, 이곳에는 없다. 그저 아주 여러 번의 선회가, 어디로도 가지 않으면서 이렇게 빨리 움직일 수 있다는 것에 대한 아주 많은 고찰만이 있다.

참 이상한 일이다. 모험과 자유와 발견을 향한 꿈이 우주비행사가 되고 싶은 열망으로 이어져 지금 이곳에 이렇게 갇혀 있다는 게. 물건들을 쌌다가 풀었다가 하면서, 실험실에서 완두콩 싹과 목화 뿌리를 만지작거리면서, 어디로도 가지 않지만 돌고 또 돌면서 나날을 보낸다. 변함없이 오래된 생각도 곁을 맴돈다.

불평하는 건 아니다. 세상에, 아니고말고, 불평하는 게 아니다.

침범하지 말 것. 이들끼리의 암묵적인 규칙이다. 비좁

은 공간에 사생활이랄 것도 거의 없이 딱 붙어 지내고, 저마다 과사용하는 공기를 나눠 쉬며 그렇게 몇 달을 지내야 한다. 그러니 돌이킬 수 없는 선을 넘어 서로의 내밀한 생활까지 들춰 보진 말자는 거다.

부유하는 가족이라고 하지만, 정확히 말해 가족이라고는 할 수 없다. 가족보다 더한 동시에 덜한 사이다. 이 짧은 시기 동안 이들은 서로에게 전부나 다름없다. 존재하는 게 자신들뿐이기 때문이다. 서로가 서로의 친구이자 동료이고, 스승이고, 의사이고, 치과의사이자 미용사다. 우주유영을 하고, 우주로 발사되고 지구로 재진입할 때, 비상 상황에서도 서로가 서로의 구명 밧줄이다. 각자가 서로에게 인류 대표가 되어 수십억 명 몫을 감당해야 한다. 가족, 동물, 날씨, 섹스, 물, 나무까지, 지상의 모든 것 없이 지낼 줄 알아야 한다. 산책도 포기해야 한다. 가끔은 그냥 **걷거나** 눕고 싶은 날이 있다. 사람들과 사물들이 그리워지고, 지구가 아득하다 느껴져 며칠을 우울함에 허우적대고, 심지어 북극에서 저무는 석양을 봐도 기분이 나아지지 않을 때는 선내의 사람들 얼굴을 보며 계속 살아가게 할 무언가를 발견해야만 한다. 일종의 위안을. 하지만 매번 그럴 수 있는 건 아니다. 넬은 자기 남편이 될 수 없는 숀을 원망 섞인 눈으로 바라볼 것이다. 안톤은 자기 딸이나 아들 혹은 사랑하는 사람이나 사물이 곁에 없음을 아쉬워하며 잠에서 깰 것이다. 시간은 이렇게 흐른다. 그러다가도 어느 날 다섯 사람 중 한 사람의 얼굴을 보면, 웃거나 집중하거나 음식을 씹는 그 얼굴에서 자신들이 사랑했던 모든 것과 모든 사람을 본다. 그 안에 전부 있다. 이 몇 사람에게로 응축된 인류는 더는 종잡을 수 없이 이질적이고 멀리 떨어져 있는 종種이 아니다. 가깝고 붙잡을 수 있는 존재다.

이들은 자신들이 자주 느끼는 감정에 대해 이야기를 나눴다. 말하자면 그건 융합의 감정이다. 자신들이 서로와, 또 우주선과 아주 구분되어 있다고 느껴지지 않는다. 이곳에 오기 전 어떤 사람이었으며, 훈련 환경이나 배경이 얼마나 달랐고, 동기와 성격이 어떻든, 어느 나라 출신이며, 자신들의 국가가 충돌하고 있든 말든, 이곳에서 이들은 우주선의 정교한 힘으로 동등해진다. 행성을 따라 완벽히 계획대로 이동하는 선체의 움직임과 기능을 수행하는 단일한 존재다. 말수가 적고 건조한 유머를 구사하며 감상적이기도 해서 영화나 창밖 풍경에 대놓고 눈물을 흘리는 안톤은 우주선의 심장이다. 피에트로는 머리다. (이번 체류 기간의 선장으로, 능숙하고 유능해 뭐든 뚝딱 고치고 밀리미터 수준의 정밀함으로 로봇 팔을 제어할 줄 알며 극도로 복잡한 회로기판도 배선하는) 로만은 손이다. (모두에게 영혼이 있노라고 주장하는) 손은 영혼이다. (꼼꼼하고 공정하고 현명한, 쉽게 정의 내리거나 납작하게 단정 짓기 힘든) 치에는 양심이고 (8리터의 폐활량을 자랑하는) 넬은 숨통이다.

이내 이들은 이런 메타포가 어이없다고 생각한다. 헛소리. 하지만 외면할 수도 없다. 살아나 자신들의 일부가 되어 뻗어 나가는 우주선을 타고, 단일한 존재가 되어 지구 저궤도를 따라 돌진하다 보면 이런 생각에 기운다. 이들은 이런 삶이 위태롭다고 생각했다. 복잡한 생명 유지 장치에 의존해 살아가며, 장치의 한 부분이 고장 나기라도 하거나 화재, 암모니아 누출, 방사능, 운석 충돌, 무엇에 의해서든 모든 게 순식간에 끝날지도 모르는 이런 삶이 말이다. 가끔은 정말 위태롭기도 하지만 대체로는 아니다. 어쨌거나 모든 존재는 몸이라는 생명 유지 장치 속에서 살아가며 그 역시 언젠가 필연적으로 고장 나게 되어 있다. 이들을 태운 장치는 물론 위태롭다고 하겠지만 궤도의 리듬을 벗어나지 않는다. 궤도 위에서 뜻밖의 일은 좀처럼 일어나지 않는다. 예측 못 할 일도 모조리 예측된다. 매일 스물네 시간 내내 감시되고, 유심히 관찰되고, 강박적이다시피 보수된다. 빠짐없이 경보 장치가 달렸고, 꼼꼼히 패드를 댔고, 날카로운 물체가 극히 적고, 걸려 넘어지거나 떨어질 물건도 없다. 이와 다르게 감시당하지 않으며 어디에도 얽매이지 않고 돌아다니는 지상의 자유에는 여러 위험이 따른다. 이를테면 바위 턱과 높은 곳, 도로와 총, 모기와 전염병, 빙하의 크레바스, 기구하게 얽힌 800만 종이 생존을 위해 다투는 일 따위 말이다.

   가끔은 놀라운 생각을 한다. 자신들이 진공 심연을 홀로 지나는 잠수함을 타고 있다는 생각. 밖으로 나가면 안전할 것 같지 않다. 지구 표면에 다시 떨어졌을 때 이들은 생경한 존재들이리라. 미쳐 버린 낯선 세상을 배우러 온 외계인들.

궤도 3, 하행

집 한 채를 생각한다. 일본 섬 바닷가에 세워진 목조 가옥. 창호지를 바른 미닫이문을 열면 텃밭이 나온다. 다다미 마루는 햇볕에 바랬고 올이 다 드러났다. 싱크대 수도꼭지에 나비 한 마리가 내려앉고, 개켜 둔 요에는 잠자리가, 현관에 놓인 슬리퍼 안에는 거미가 숨어 있다.

닳고 닳아 모든 나무가 반질거리는 낡은 목조 가옥을 생각한다. 습기와 열기, 녹은 눈에 삭고 약한 지진에 조금씩 뒤틀려 온 집. 8월의 묵직한 하늘 아래 채소 텃밭을 살피는 젊은 남녀도 상상해 본다. 호박들은 여름에 만월로 부푼 달덩이처럼 커다랗다. 들려오는 건 바닷가 소리뿐이다. 아니, 매미와 귀뚜라미와 황소개구리 소리, 여자가 손으로 잡초를 뽑는 소리, 땅을 파다 말고

웅얼웅얼하는 남자의 활기찬 목소리, 그리고 바다의 소리.

여러 해 여러 계절이 지나, 남자는 삐걱대고 버석한 몸을 바지 안으로 집어넣는다. 아내는 여전히 빠릿빠릿하게 가벼운 몸으로 잘만 다니는데 어째서 자신만 이렇게 늙어 버렸는지 신기한 노릇이다. 이제는 침도 말라 버렸다. 늙으면 피부고 입이고 눈이고 이렇게 바짝 건조해진다고 누구도 말해 준 적 없었다. 코를 풀어도 나오는 게 없다. (그래도 시도 때도 없이 코를 푼다.) 그의 몸은 바보같이도 말라붙는 일에 준비되어 있지 않다. 나뭇잎 같다고 해야 할까. 나뭇가지에서 떨어진 마른 잎. 그러나 그는 아직 떠날 준비가 되어 있지 않다. 새벽같이 일어나 황소개구리가 울어 대는 제방에 서서 꿋꿋하게 버틴다.

반년 후, 남자는 떠나고 없다. 여자는 홀로 나날을 보낸다. 그렇게 10년이 흐른다. 따뜻한 가을이 찾아오고, 마구 뻗친 줄기에 마지막 호박이 몇 개 달린 채 익어 간다. 줄기와 목조 문틀과 계단에 흰곰팡이가 슨다. 아침 이슬이 창호지에 스민다. 이 무렵 저녁 하늘은 유독 아름답다. 여자는 비좁은 계단에 늘어져 있다. 여자 몸도 계단처럼 가늘다. 나무 빗자루와 같다고, 그녀는 생각한다. 주변에는 온통 나무뿐 인간은 없다. 그래서 그녀도 지지 않으려고 스스로 나무가 되었다.

 자신의 마지막 날이 언제인지 알게 되는 순간이 있다. 그녀는 평생 그런 적 없었지만 이른 저녁 이렇게 바깥 계단에 나와 있다. 늦은 일탈, 사춘기의 반항 같은 몸짓으로 거칠고 낡은 빗자루가 되었다. 그녀는 헛소리라면 질색하는 성격인데. 천천히 혈류가 느려지고 모든 게 느려진다. 요 몇 주 동안 몸이 심상치 않았다. 하늘에 점 박혀 움직이고 있는 빛을 보려고 고개를 들었다. 남편이 세상을 떠난 후로 지구 궤도를 6만 번쯤 돌았을 그 점을 찾아보며, 딸이 돌아올 때까지 한 달만 더 기다려 보자 생각했다. 그러나 언제 죽음이 기다려 준 적이 있던가? 더구나 그런 귀향이 무슨 의미일까? 딸이 지구로 돌아오는 시간에 맞춰 죽는다는 게. 사지가 갑자기 뜨거워진다. 마치 심장이 자기 밖으로 멀리 피를 내보내려는 것 같다. 쉬게 해 줘, 심장이 말한다. 매미 소리가 들려온다. 이렇게 늦게까지 매미 소리를 들은 적이 있었던가. 요즘은 매일같이 고온이라 매미도 언제 죽어야 할지를 모른다. 오랫동안 살아남은 수컷의 소리 같다. 그녀도 15년 동안 짝짓기 차례를 기다리며 땅속에 묻혀 있었다면 그렇게 오래 버텼을지 모른다. 하지만 이제 매미의 소리는 짝짓기가 아닌 고독의 소리다. 자기를 내버려두라는 외침, 고요한 황혼에 퍼지는 한 마리의 울음.

하루 이틀 사흘 그리고 나흘이 지나서야 계단에 쓰러진 몸이 치워졌고, 집은 버려졌다. 적적한 저녁 하늘에서 보이지 않던 그 빛, 여자의 딸이 있는 그 점에서부터 아시아는 오른쪽으로 밀려난다. 밑으로 시코쿠와 규슈가 지나가고 나머지는 온통 바다다. 바로 그 바닷물이 목조 가옥 앞 기슭까지 들이닥친다. 지난 10년 동안 텃밭과 점점 더 가까워졌고, 그래서 호박이 물러지기 시작했다. 아시아의 마지막 자락이 서쪽과 후미 쪽으로 사라지고 나면 태평양 해구 말고는 아무것도 남지 않는다. 이제 궤도는 남서쪽 텅 빈 빛 속으로 수천 마일을 나아간다.

바로 그 공허 속에서 태풍이 세를 키우고 있다. 지난 스물네 시간 동안 서쪽으로 이동하다가, 지금은 띄엄띄엄 조각난 채 폭풍에 자주 시달리며 가라앉고 있는 섬들이 아슬아슬한 트레이서리 창살처럼 이어지는 마셜 제도를 지난다. 처음에는 높이 떠 있는 구름이 뭉치고, 그러다 사방에서 구름이 모여들어 점점 짙어지고 어두워진다. 하나가 아니라 여러 개 태풍이 충돌한다. 이제는 구름이 몸집을 키우며 소용돌이쳐 최소한 4등급 태풍이 되리란 게 자명해진다.

되도록 많이 촬영해 놔요. 선원들은 이런 말을 들어서 정말로 그렇게 하고 있다. 길쭉한 렌즈를 창에 대고 연신 셔터를 누른다. 아직은 동쪽 꼬리만 보이지만, 오른쪽으로 이동 중인 폭풍은 지평선에서 빙빙 도는 잿빛 덩어리에 몸을 감싸고 있다. 지구에 있는 누구도 이렇게 자세히는 볼 수 없다. 요란하게 몰아치며 시계 반대 방향으로 정렬하는 구름의 행진. 희부연 구름에 반사된 햇빛 때문에 지구는 백내장에 탁해진 눈처럼 기묘한 빛을 띤다. 불안정한 시선으로 이들을 빤히 보고 있는 것만 같다.

별안간 지구가 초조하게 곤두선 듯 보인다. 이 부근에 걸핏하면 들이닥치는 일반 태풍과 수준이 다르다고, 모두가 생각한다. 전체를 다 볼 수는 없지만 처음 예상보다 크고 빠르게 움직이고 있다. 이들은 영상과 위도,

경도 좌표를 전송한다. 말하자면 선원들은 점쟁이다. 미래를 보고 말해 줄 수는 있지만, 바꾸거나 멈출 수는 없다. 곧 있으면 궤도는 동쪽과 남쪽으로 내려간다. 그러고 나면 관측창에서 아무리 목을 쭉 내밀고 뒤를 살펴도 태풍은 시야에서 벗어날 것이다. 그렇게 이들의 감시도 끝이 나고, 급속도로 어둠이 엄습할 것이다.

이들에게는 아무런 힘도 없다. 위력을 키우는 태풍을 초조하게 지켜볼 수 있는 특별한 자리와 카메라뿐이다. 이들은 태풍이 오는 것을 지켜본다.

궤도 4, 상행

오늘 네 번째 궤도를 돌며 맞이한 새 아침, 사하라 사막의 흙먼지가 수백 마일 띠를 이뤄 바다로 쓸려 간다. 뿌옇게 담녹색으로 반짝이는 바다, 뿌연 주황빛 땅. 빛이 울리는 이곳은 아프리카다. 우주선 안에 있어도 빛의 소리가 들리는 듯하다. 그란카나리아섬에 방사형으로 퍼져 있는 가파른 협곡은 성급히 지은 모래성처럼 섬을 쌓아 올리고, 아틀라스산맥이 사막의 끝을 고하면 스페인 남부 해안으로 꼬리를 톡 내민 상어 모양 구름이 나타난다. 지느러미 끝은 알프스산맥 남쪽을 쿡 찌르고, 주둥이는 당장이라도 지중해로 뛰어들 것 같다. 알바니아와 몬테네그로는 산으로 뒤덮인 부드러운 벨벳이다.

국경은 어디쯤인가, 손은 창가를 지나며 생각한다. 하나하나 짚어 본다. 몬테네그로, 세르비아, 헝가리, 루

마니아. 정확한 위치는 늘 기억이 나지 않는다. 궤도를 도는 내내 랜드 맥낼리 지도책과 별 지도만 가지고도 매일매일을 보낼 수 있을 것 같다. 어떤 일도 하기 싫어진다. 다 내버려두고 그냥 쳐다보고만 싶다. 작은 공간에서 지구의 구석구석을 훤히 알고 싶다. 별들은 절대 온전히 이해할 수 없어도 지구는 타인을 알아 가듯 알 수 있다. 마치 손이 굶주리고 이기적인 갈망에 끌려 조심스럽게 그러나 단호하게 아내를 알아 갔듯이. 그는 그렇게 조금씩 지구를 알고 싶다.

미세중력에서는 동맥이 두꺼워지고 굳어 간다. 심장 근육이 약해지고 쪼그라든다. 심장은 우주의 장관에 황홀해져 부풀어 오르지만 동시에 시들해진다. 심장 세포는 손상되거나 소모되면 재생하기가 쉽지 않다. 그리하여, 쇠하고 굳어 가는 약한 심장을 지닌 이들이 페트리 접시에다 심장 세포를 열심히 보존하고 있다.

  이 접시에 인류가 담겼어, 러시아 실험실에서 안톤이 로만에게 말한다. 둘은 피펫을 들고 그 인류를 여기저기로 옮긴다. 분홍 보라 빨강으로 이뤄진 세포들은 자원자들의 피부에서 채취한 것이다. 피부 세포를 줄기

세포로 되돌린 다음 그걸 심장 세포로 분화시켰다. 샘플은 나이, 출신, 인종이 다양한 사람들에게서 왔다. 이를 생각하노라면 안톤은 말없이 경탄하지만, 실험실 동료는 아니다. 로만은 전기 배선을 다루듯 숭배심 없이 태연하다. 반면 안톤은 세포들의 존재만으로 손끝에 온기가 도는 듯하다. 너무 뜨거울 지경이다. 이토록 다양한 생명이 부담스럽게도 그에게 맡겨졌다. 로만에게 이렇게 말하고 싶다. 진짜 어이없는 기적 아니야? 이 모든 게? 로만은 불안하거나 겸허한 기색 하나 없다. 심지어 생각도 딱히 없는 듯 보인다. 그는 대수롭지 않게 말한다. 나는 이 접시들에 담긴 세포 색깔만 보면 그렇게 허기가 지더라. 그렇게 이 순간이 지나간다.

둘은 현미경으로 세포들을 관찰하고, 촬영하고, 닷새마다 배양액을 간다. 37도의 온도, 5퍼센트의 이산화탄소, 이상적인 습도와 완벽한 무균 상태를 유지한다. 그러다 2주 후 보급선이 지구로 돌아갈 때 세포들을 실어 보낸다. 이들이 주고받는 화물은 다 합쳐 봤자 얼마 안 되는 이들의 목숨보다 인류에게 더 중요하다.

인큐베이터에 든 세포들에 일어나는 일이 꼭 자신들의 일 같다는 사실을, 이들은 인정하지 않을 수 없다.

힘 빠지는 생각이네, 로만이 말한다.

그러게, 안톤이 대답하며 으쓱한다. 로만도 으쓱하고 만다. 애초에 이들은 힘을 얻으려고 우주에 온 게 아니다. 모든 걸 더 많이 얻고 더 많이 알고 더 겸허해지려고 왔다. 속도와 정지. 거리와 친밀. 덜해지고 더해지는 것. 이들은 자신들이 작은 존재임을, 아니, 아무것도 아닌 존재임을 깨닫는다. 현미경으로만 볼 수 있는 **체외** 세포들을 왕창 키우는 이들은, 이 순간 자신들이 살아 있는 것이 빈약하게 뛰는 심장 속 이런 세포들에 달려 있음을 안다.

우주에서 6개월을 보내고 나면 엄밀히 말해 지구에 있는 사람보다 0.007초 덜 늙는다. 하지만 어떤 면에서는 5년, 10년은 더 늙는다. 현재로서는 그렇게 이해할 따름이다. 시력이 약해지고 뼈가 삭을 것이다. 이렇게 열심히 운동하는데도 근육이 위축될 것이다. 피가 엉기고 뇌액의 흐름이 달라진다. 척추가 늘어나고 T세포는 재생에 애를 먹는다. 신장 결석이 생긴다. 이곳에서는 입맛도 잘 돌지 않는다. 부비강은 죽을 맛이다. 고유감각이 흐려져 눈으로 보지 않고는 신체 부위가 어디 달렸나 알기 힘들다. 몸이 이상하게 생긴 체액 자루가 된다. 체액이 상체에는 너무 쏠리고 하체에는 부족해진다. 안구 뒤쪽에도 몰려 시신경을 압박한다. 수면이 반란을 일으킨다. 장내미생물군이 새로운 박테리아를 키운다. 암 발병 위험이 올라간다.

진짜 힘 빠지는 생각이야, 로만이 말한다. 얼마 후 안톤이 그래서 걱정되느냐고 묻는다.

아니, 전혀. 너는?

이제 그들 아래에서는 칠흑 같은 밤의 남태평양이 지나간다. 끝없는 암흑 구덩이. 행성은 없고 그저 대기권의 부드러운 녹색 선과 무수히 많은 별뿐이다. 놀라운 고독. 모든 게 너무나 가깝고 무한하다.

걱정 안 해, 안톤이 대답한다. 전혀.

가끔 지구를 보고 있으면 진실이라고 알고 있는 지식을 모조리 지우고, 저 행성이 모든 것의 중심이라고 믿고 싶어진다. 저 행성은 무척이나 장대하며 위엄 있고 당당하다. 신이 왈츠를 추는 우주 한복판에다 저 행성을 떨어트린 것이라고, 자꾸만 믿고 싶어진다. 앞선 인류가 (발견 이후의 부정, 그 후의 발견과 은폐의 길을 따라 휘청이고 더듬거리며) 발견한, 지구는 그저 무無의 중심에 놓인 하찮은 반점에 불과하다는 진실도 죄다 잊을 수 있을 것 같다. 이들은 이렇게 생각하고 싶다. 보잘것없는 게 저렇게 빛날 수 없어. 멀리 던져진 별 볼 일 없는 위성이 구태여 저런 장관을 만들어 내고, 쓸데없는 돌덩이가 균류와 인간 정신처럼 복잡한 것들을 조율할 리 없어.

그래서 가끔은 태양 중심의 세월을 무효화해 태양과 행성들은 물론 전 우주까지 모든 게 지구를 중심으로 돈다던, 성스럽고 거대한 지구의 시대로 돌아가는 게 더 쉽겠다는 생각이 든다. 지구가 하찮고 작은 행성임을 깨닫고 우주 속 지구의 자리를 비로소 이해하려면, 지금보다 훨씬 더 멀리 지구와 떨어져야 한다. 분명 지구는 예로부터 군림하던 제왕이 아니지만, 우주라는 무도회장을 돌아다니기에는 너무 풍채 있고 중후한, 신이 빚은 흙덩어리다. 지구의 아름다움은 메아리친다. 그 아름다움은 메아리이고, 울려 퍼지고 노래하는 빛이다. 지구는 주변부도 중심도 아니다. 전부도 아니고 무도 아니다. 그러나 확실히 보통은 아닌 듯 보인다. 돌로 만들어졌지만 여기서는 어슴푸레한 빛이자 에테르처럼 보인다. 지구는 세 가지 방식으로 움직이는 민첩한 행성이다. 자전축을 중심으로 회전하고, 그 축이 비스듬히 기울어져 있으며, 태양 주위를 공전한다. 이 행성은 중심에서 밀려나 주변부로 좌천되어 무언가를 따라 도는 존재다. 작은 혹 같은 달을 빼면 무엇도 지구를 따라 돌지 않는다. 이런 존재가 우리 인간을 품고 있다. 우리가 얼마나 작은 존재인가를 계속해서 알려 주는, 나날이 커지는 망원경 렌즈를 닦는 우리를. 우리는 멍하게 거기 서 있다. 머지않아 우리는 우리가 우주의 주변에 있을 뿐 아니라 우주가 주변일 뿐임을, 중심은 없고 그저 어지러이 왈츠를 추는 것들의 무리뿐임을 깨닫는다. 그리고 부서진 잔해 사이를 빛이 뚫고 나올 때까지 과학 탐구의 도구들로 인류의 자존심을 박살 내어 우리 존재의 하찮음을 자세하게 점점 더 명료하게 말해 주는 지식이 우리 앞의 전부일 수 있음을, 서서히 깨닫는다.

절반만 보이는 지구를 내다보며 지구 저궤도 사이를 항해한다. 그러면서 생각한다. 어쩌면 인간으로 존재하는 게 힘들어 문제인 것이라고. 자기 행성이 만물의 중심이라는 생각에서 탈피해 사실 그 행성이 무수히 많은 별이 사는 은하계 중 모든 면에서 보통인 태양계 속 어느 보통의 별을 따라 도는, 크기도 보통이고 질량도 보통인 행성이라는 사실을 깨닫는다는 것, 그리고 모든 게 폭발하거나 붕괴하리라는 사실을 인정한다는 것은, 힘든 일인지 모른다.

어찌 보면 인간 문명도 하나의 인생 같다. 우리는 어린 시절 특별하게 키워져 더없이 평범해진다. 우리는 우리의 특별하지 않음을 깨닫고 순진한 마음에 벌컥 기뻐한다. 특별하지 않다면, 적어도 혼자는 아닐 테니까. 우리 세상과 같은 태양계가 아주 많이 존재하고 아주 많은 행성을 거느리고 있다면 적어도 한 곳에는 틀림없이 생명체가 살 것이다. 함께라는 느낌이 하찮은 우리 존재를 위로한다. 그렇게 인류는 외로움과 호기심과 희망에 끌려 바깥으로 시선을 보내고, 혹시 화성에 다른 생명체가 살지 않을까 싶어 무인 탐사선을 보낸다. 하지만 화성은 틈새와 분화구가 뚫린 얼음 사막인 듯하니, 아마 있다면 이웃 태양계나 이웃 은하계 또는 그 옆 은하계에 있을 것이다.

우리는 굉장한 희망에 부풀어 성간星間우주로 보이저 탐사선을 보낸다. 지구에서 실어 보낸 캡슐 두 개에는 영상과 노래 들이 담겨 발견될 날을 기다린다. 모든 게 잘 풀린다면 수만 년 또는 수십만 년 후에 발견될 것이다. 그게 아니면 수백만 년 또는 수십억 년 후에, 어쩌면 영원히 발견되지 못할 수도 있다. 그동안 우리는 귀를 기울인다. 전파의 도달 범위를 살핀다. 아무 대답도 없다. 그래도 수십 년째 살피고 또 살핀다. 계속 대답은 없다. 우리는 책과 영화 따위로 외계 생명체와 마침내 접촉한다면 그게 어떤 모습일지 희망 반 두려움 반으로 예상한다. 하지만 그런 일은 통 일어나지를 않고, 우리는 사실 그런 일은 절대 일어나지 않는 게 아닌지 의심한다. 존재하지도 않는다고 생각한다. 아무것도 없는데 뭐 하러 기다려? 이제 인류는 자해와 허무주의에 빠져 닥치는 대로 깨부수는 10대 후반기에 접어든 게 아닐까. 살게 해 달라고 한 적도, 돌봐야 할 지구를 물려받게 해 달라고 청한 적도, 이토록 혼자 억울하고 암울하게 살게 해 달라고 바란 적도 없는데.

언젠가 우리는 거울을 들여다보며 썩 나쁘지도 좋지도 않은 직립 유인원이 거울 속에서 우리를 다시 바라보는 모습에 만족할지도 모른다. 그리고 숨을 고르며 생각할 것이다. 그래, 우린 혼자야, 그러라고 해. 그날은 아마도 머지않아 찾아올 것이다. 어쩌면 모든 존재의 본질이란 위태로이 핀 끝에서 동요하는 것, 살아가면서 조금씩 변두리로 밀려나는 것 아닐까. 그러면서 우리의 어마어마한 하찮음이 속수무책으로 격동하고 들썩이는 평화의 제물임을 깨닫는 것 아닐까.

그때까지 버림받은 고독 속에서 스스로를 물끄러미 바라보는 것 말고 우리가 할 수 있는 게 있을까? 우리는 끝없이 자신에게 매혹되어 정신이 팔리고, 자신을 사랑하고 미워하며, 자신에 관한 연극과 신화와 숭배를 창조한다. 다른 선택지가 어디 있단 말인가? 우리는 우리의 기술, 지식, 지성을 탁월한 수준으로 올려놓고, 온전히 다 해소할 수 없는 성취욕으로 안달이 나고, (여전히 대답이 없는) 우주 공간을 바라보고, 그래도 꿋꿋이 우주선을 짓고, 외로운 우리 행성을 수없이 돌고, 똑같이 외로운 달에 잠시 가서 무중력 상태의 당혹감과 일상적인 경외감을 느끼는 와중에 이런 생각에 잠긴다. 칠흑같이 어두운 방에서 스포트라이트를 받은 거울처럼 빛나는 지구를 향해, 지지직대는 무전기를 들고 오직 그곳에만 존재하는 듯한 생명체에게 말을 건네고 싶다고. **여보세요? 곤니치와, 차오, 즈드라스테, 봉주르**, 거기 들리나요, 여보세요?

이들이 도는 궤도와 지구 곡선에서 수천 마일 떨어진 곳, 케이프 커내버럴의 해변 막사에는 바로 어제 우주 비행사들이 떠나며 빈 침대 네 개가 있다. 어제 아침 이 시간, 여자 둘 남자 둘이 출발일을 알리는 알람 전까지 마지막 잠에 빠져 있었다. 플로리다는 아침 5시였다. 전날 저녁에 먹은 바비큐로 여전히 배가 두둑했고, 몸을 웅크린 채 수면제에 취해 꿈도 꾸지 않고 곤히 잠들었다. 아주 깊은 잠이어서 침을 흘리거나 코를 골거나 뒤척이거나 중간에 깨는 일도 없었다.

달이 엷어지고 수면제 기운이 차츰 잦아들 때쯤, 여자 둘 남자 둘이 눈을 뜨고 생각했다. 오늘이 그날이다. 지금 어디지? 오늘 무슨 일이 있더라? 잠 속에 파묻혔던 기대감이 곧장 전율한다. 달, 달 말이야, 우리가 달에 가, 미친, 우리가 달에 간다고. 우주복과 로켓이 기다리고 있었다. 이제 모든 게 달라질 터였다. 하지만 어제 이 시간에 그들은 아직 일어나기 전이었고 해변 막사에 머물고 있었다. 소시지와 갈빗살과 구운 옥수수 냄새가 진동했다. 마지막 저녁 식사는 무탈하게 잘 흘러갔다. 잠시 모든 걸 잊고 평범하게 저녁을 먹었다. 그러다 불쑥 달이 등장했다. 저기 머나먼 하늘에 작게 달이 떠올랐다. 차갑고 단단한 빛이 내리비치자 입맛이 뚝 떨어졌다. 반쯤 먹다 만 버거, 살덩이가 거의 다 붙어 있는 갈빗대, 입도 대지 않은 제로 알코올 맥주, 마지막 순간의 동요. 그들은 약을 삼키고 다리에 힘이 빠지는 걸 느끼며 기도를 중얼거린 뒤 일찍 잠자리에 들었다.

50년 넘도록 인간의 발이 닿지 않은 곳, 우리의 달은 인간이 돌아오기를 바라며 그리운 마음에 지구를 향해 밝은 면을 내보이고 있는 걸까? 우리의 달 그리고 다른 모든 달과 행성과 태양계와 은하계도 알려지기를 갈망하고 있을까? 떠난 지 사흘이 채 되지 않은 내일이 오면, 이 이상한 집착에 사로잡힌 인간 존재들이 가루로 덮인 달 표면에 귀환할 것이다. 바람 한 점 없는 세상에 나부끼는 깃발을 꽂고 싶어 하는 존재들, 집요한 마시멜로들, 두둥실 하늘을 떠다니는 선원들은 자기네 깃대가 쓰러지고 성조기가 해진 것을 발견하리라. 50년 동안 자리를 비우면 그런 일이 벌어진다. 세상은 당신 없이 계속 돌아간다. 우주비행사 네 명은 그렇게 해변 막사에서 잠을 청했다. 눈을 뜨면 새 시대가 도래하리란 것을 알고서.

그리고 그 시대가 여기서 시작되었다. 우주비행사들

은 어제 아침 일어나 아침을 먹고 엄격하게 짜인 하루를 시작했다. 청소부들이 도착해 일종의 의식을 치르듯 우주비행사들이 썼던 침구를 벗기고, 그릇을 설거지하고, 바비큐 흔적을 치웠다. 저녁 5시에 마침내 로켓이 발사되었다. 어젯밤 그들은 지구 궤도를 두 바퀴 돌고 나서 본격적으로 추진력을 높였고, 지금은 발사 연료를 태우고 부스터를 분리해 가며 25만 마일의 경로를 따라 조금씩 나아가고 있다. 이동 경로는 하나하나 수치화될 것이다. 내일 밤 달에 도착할 때까지 그들은 그렇게 간다.

어젯밤 여섯 우주비행사는 파티를 열었다. 풍선을 불었고, 생일 축하 깃발 장식을 달았고, 은박 팩이 쌓인 창고를 뒤져 축하 자리에 어울리는 것들을 챙겼다. 초콜릿 푸딩, 복숭아 파이, 커스터드 팩이 나왔다. 로만은 자기 아들이 준 작은 펠트 달을 달았다. 그가 우주로 챙겨 온 몇 안 되는 물건이었다. 이들은 기쁨과 불안, 부러움과 뿌듯함이 뒤섞인 감정을 느꼈고, 그 감정은 결국 다시 기쁨으로 귀결되었다. 그러다 늘 그렇듯 일찍 잠자리에 들었다. 달 착륙이 성공하든 말든 아침은 일찍 시작된다. 언제나 매일, 이른 아침이 돌아온다.

한편으로는 반발심이 든다. 쉬쉬하며 나누지 않지만, 모두가 느끼고 있다. 갑자기 시시해진 자기들 삶에 반발하는 마음이다. 지구에 묶여 어디로도 향하지 않는 궤도는 시시하다. 이들은 궤도를 빙빙 돌기만 할 뿐 절대 **빠져나가지** 않는다. 단 하나의 궤도만 아는 충직한 선회는 어젯밤 이들에게 겸허한 아름다움으로 다가왔다. 정성을 쏟고 떠받드는 듯한 감각, 일종의 경배. 그래도 달로 떠난 우주비행사들을 볼 수 있지 않을까, 잠들기 전에 창밖을 내다봤다. 기대감에 잠을 설쳤지만 정작 꿈에 나타난 것은 달이 아니라 우주선 바깥의 거친 우주 정원이었다. 언젠가 다들 한 번쯤 거닐었던 정원. 그리고 언제나처럼 강렬하게 푸르른 빛을 띠고 끌어당기는 지구.

짜증 나는 것들:
    바짝 달라붙는 뒷차
    칭얼대는 아이들
    달리기하고 싶은 마음
    솜이 뭉친 베개

우주에서 급한 오줌 누기
걸린 지퍼
수군대는 사람들
케네디 가문

치에는 수면실에 있는 물품 보관 주머니에다 클립으로 목록을 달아 놓았다. 주머니에는 기념품과 몇몇 소지품, 손이 건조해져 따끔할 때 바르는 작은 연화제 튜브, 치에의 엄마가 젊은 시절 집 근처 바닷가에서 찍은 흑백 사진, 아직 한 편도 읽지 못했지만 마지막으로 받은 짐 꾸러미에 삼촌이 넣어 보내 준 일본 산들에 관한 시선집이 들었다. 치에는 시집 뒷장의 백지를 뜯어 힘이 잘 들어가지 않는 손으로 목록을 휘갈긴다.

마음 편해지는 것들:
저 아래 지구
손잡이가 두툼한 머그잔
나무들
넓은 계단
직접 뜨개질한 옷

넬의 노랫소리

튼튼한 무릎

호박

선체 바닥면에는 지난주 피에트로와 넬이 우주유영을 나가서 설치한 장치가 있다. 이 분광계는 지구의 복사 휘도를 측정한다. 우주선이 북쪽에서 남쪽으로 대륙을 이동하며 궤도를 도는 동안 분광계는 70킬로미터씩 지구를 훑으며 집요하게 빛을 관찰하고 수집하고 측정한다.

피에트로는 400여 일 동안 우주에 있으면서 임무와 우주유영을 여러 번 했고 실험을 적어도 수천 번은 했는데, 언제나 냉철한 거리감을 유지한다. 실험을 진행하거나 장치를 설치하거나 데이터를 모으고 나면, 마무리 짓고 다음 일로 넘어간다. 어쨌거나 우주비행사는 도관導管일 뿐이다. 무엇 하나 붙잡지 않고 흘려보내는 기질 덕에 선별된 것 아닌가. 언젠가는 로봇이 이 일을 대체할 수도 있다. 아마 그렇게 될 것이다. 생각해 볼 일이다. 이들은 때때로 생각해 본다. 로봇은 물을 마시고 영양소를 채우고 배설하고 잠을 잘 필요가 없다. 성

가신 뇌액이 흐르지 않고 월경을 하지도 성욕이나 미각이 있지도 않다. 로켓에 과일을 실어 보내야 할 이유도, 몸속에 비타민, 항산화제, 수면제, 진통제를 채워 넣을 이유도, 깔때기와 펌프로 변기를 지어 사용법을 교육할 이유도, 소변을 식수로 재활용하는 장치를 설치할 이유도 없다. 로봇은 소변을 누지 않으며, 물을 마시지 않고, 아무것도 바라거나 요구하지 않으니까.

하지만 볼 수 있는 눈이 없고 두려워하거나 기뻐할 심장이 없는 피조물을 우주로 내보내는 게 무슨 의미일까? 우주비행사는 여러 해 동안 수영장에서, 동굴에서, 잠수함에서, 시뮬레이터에서 훈련받는다. 모든 결점이나 약점을 파악하고 시험하며 걸러 낸다. 그렇게 하다 보면 완벽에 가깝게 흐트러지지 않는 두뇌와 사지와 감각의 삼각망이 만들어진다. 누군가는 버거워하지만, 누군가에게는 비교적 수월하다. 피에트로는 수월한 쪽이다. 그는 타고난 우주비행사다. 어릴 때부터 평정심이 있었으며 유달리 평온하고 침착해서 악을 쓰며 똥을 뿌리는 영유아기와 반항하는 청소년기도 대부분 그냥 지나갔다. 깊은 호기심, 눈부신 두뇌, 집중력, 낙관주의와 실용주의까지, 피에트로는 우주비행사가 무슨 뜻인지 모를 때부터 뼛속까지 우주비행사였다. 하지만 로봇은 아니다.

피에트로의 가슴팍에는 기울어지고 두근거리는 심장이 있다. 그는 심장 박동을 느리고 부드럽게 유지할 수 있고, 습관적인 공포나 공황이나 충동을 억제할 수 있고, 간절히 집에 가고픈 마음을 멈출 수 있고, 무의미한 방종을 억누를 수 있다. 침착하고 차분하게, 침착하고 차분하게. 호흡을 고르게 해 주는 메트로놈. 그런데도 이따금 기울고 두근댄다. 원하는 걸 원하고 바라는 걸 바라고 필요한 걸 필요로 하고 사랑하는 걸 사랑한다. 우주비행사의 심장은 기어코 로봇과 다르게 움직여 지구 대기권을 떠나 밖으로 밀고 나간다. 중력이 더 밀고 들어오지 않자 심장이 밖으로 밀고 나가려 하며 균형을 잡는다. 자신이 살아 있고 감정을 느끼는 동물의 한 부분임을 갑자기 퍼뜩 깨닫기라도 한 것처럼. 그 동물은 단순히 목격하는 데 그치지 않고 목격한 것을 사랑한다.

그래서 피에트로는 바깥에 탑재한 분광계를 생각한다. 그걸로 지구가 침침해지고 있는지를 아는 데 도움을 받을 것이다. 넬과 함께 설치한 이후로 그는 날마다 눈을 뜨면 분광계를 생각한다. 기계 렌즈는 세 방향을 가리킨다. 지구, 태양, 달을 향해 있으면서 지구 표면과 구름에 반사되는 빛을 측정한다. 지구 표면이 침침해지는 건 대기오염물질의 미립자가 태양 빛을 도로 우주로 반사하기 때문이다. 반대로 밝아진다면 대륙 빙하가 녹고 상층의 밝은 구름이 줄어 지구가 태양 빛을 더 많이 흡수했기 때문이다. 어쩌면 둘이 동시에 일어나는 걸까, 그러면 어떤 영향이 있을까? 이 복잡한 에너지 교환 시스템이 지구의 온도를 결정한다.

피에트로는 후자의 가능성을 생각한다. 그러니까, 지구가 더 많은 빛을 흡수하고 우주로 반사되는 빛이 줄어드는 가능성을 말이다. 이곳에서 덜 빛나는 행성을 내려다본다는 건 무슨 의미일까? 이런 날 지구를 보며 영상을 찍고 있으면 구름의 패턴과 아침 빛을 받은 바다의 광활한 푸른색 스펙트럼이 마치 암흑에 떠오른 홀로그램 같다. 스스로 발하는 빛. 이걸 잃는다는 건 무슨 의미일까? 오른쪽으로는 보드랍게 빗긴 은백색 지중해가 태양 빛에 광택이 난다. 뒤이어 구겨지고 주름 잡힌 돌로미티산맥과 알프스산맥, 눈이 쌓이지 않아 짙은 색인 봉우리들, 쪽빛 계곡, 올리브 평원, 끝없이 펼쳐진 강

바다, 여름 내내 비가 한 방울도 내리지 않은 모국 남부의 황갈색 땅이 보인다. 베수비오산은 위치만 알고 있으면 육안으로도 볼 수 있다. 지금은 10월 초인데 듣기로는 여전히 비가 내리지 않는단다. 그러나 지구는 아랑곳하지 않고 배 속 단전에서부터 빛의 노래를 끌어모아 부른다. 그리고 그는 이 위대한 광경을 놓치지 않고 렌즈에 담는다.

동유럽을 지나쳐 러시아에 들어서고 몽골을 지나 그 아래 중국으로 내려간다. 이 모든 게 20분 만에 일어난다. 피에트로는 태풍이 나타나기를 기다린다. 바로 앞에 있단 것을 그는 알고 있다. 다음번 굽이만 넘으면, 밝은 파란색 곡선 저편에 태풍이 몰려 있다. 태풍 전체를 거의 바로 위에서 볼 수 있을 것이다. 피에트로는 이 사실이 날마다 놀랍다. 어느 행성의 우주선이 눈앞을 지나쳐 간다는 건 그 얼마나 예기치 못한 기이함인가. 아마 우주에서 이렇게 관찰당하는 대상은 또 없지 않을까? 그의 눈이나 선원들의 눈만 지구를 관찰하는 게 아니다. 분광계 렌즈는 물론 정거장에 탑재된 지구 조망 영상 장치, 고궤도와 저궤도에서 와글와글 무리 지어 다니는 인공위성 수천 대, 신호를 주고받는 전파 수십억 개가 지구를 지켜본다.

피에트로는 카메라와 정상 시력과 두근대는 심장을 가진 비로봇으로 지구의 특이점 앞에서 삐끗한다. 촬영 중인 그의 옆구리에 쿵, 충격이 전해진다.

궤도 4, 하행

 이들의 손은 밀폐된 실험 상자 안에 들어가 있거나 충격을 막아 주는 장치를 조립하거나 해체하고, 아니면 실험 쥐 상자에 설치한 자동 먹이 주머니를 채우는 중이다. 두 발은 워크스테이션에 줄로 묶여 있고, 스크루드라이버, 스패너, 가위, 연필이 머리와 어깨 주위를 떠다닌다. 핀셋 한 쌍이 풀려나 환기구를 향해 떠간다. 미세하게 주변을 빨아들이는 환기구는 온갖 분실물의 거처다.
 하강해 상하이를 지난다. 낮의 상하이는 상상할 수 있는 모든 색깔을 담은 대륙 언저리의 무인 해안이다. 깨어 있는 시간에 맞이하는 네 번째 지구 궤도. 경로는 엄연히 동쪽을 향하지만, 지구의 자전으로 한 번 돌 때마다 서쪽으로 치우친다. 태풍처럼 계속 안쪽을 파고든다. 태평양에서 말레이시아와 필리핀으로 움직인다. 이들의 뒤에서 태풍이 부산하게 움직인다.

다들 하던 일을 관두고 카메라를 든다. 여러 번의 찰칵 소리, 쉭쉭 돌아가는 렌즈, 방탄유리에 가볍게 몸을 부딪쳐 가며 지구가 보이는 창가에 옹기종기 모여 눈앞 풍경에 할 말을 잃는 사람들, 공중 높이 들린 흰 양말 바닥들. 끊기지 않은 하나의 태풍을 온전히 바라본다. 태풍의 중심에는 주변을 빨아들이는 심연이 있다. 빙빙 도는 구름으로만 이뤄진 하나의 행성.

지구 사람들에게 대피령이 떨어진다. 우주에서 도착한 영상은 맴도는 새들과 달아나는 염소 떼가 이미 알고 있는 듯한 사실을 확인해 준다. 태풍이 순식간에 300마일까지 퍼져 나갈 만큼 힘을 비축한 것이다. 필리핀 전역에 알립니다, 대피소로 가거나 자리에 머무르십시오. 동부 작은 섬들의 주민은 지금 당장 대피하십시오. 피에트로는 한 어부와 그의 가족을 생각한다. 당장 달아나요, 어제 달아났기를. 하지만 어디로? 어떻게? 게다가 어부는 가진 것을 두고 떠나지 않으려는 보호 본능을 지녔다. 그에게는 지난번 태풍 그리고 그전과 그전의 태풍을 겪고도 여전히 남은 몇 안 되는 것이 있었다. 열두 시간쯤 후면 태풍이 상륙할 것이다. 그리고 당신은 바다 한복판에, 절망스럽게도 지대가 낮은 섬에 산다. 할 수 있는 건 절박하게 몸을 낮추는 것뿐이다. 모든 것을 겪고도 살아남지 않았던가. 집은 양철, 판지, 하드보드, 나뭇가지로 만들었다. 요즘은 태풍이 너무 잦고 규모도 커서 더 번듯한 집을 만드는 건 부질없다. 계속 잃으니 애초에 잃을 게 많지 않은 상태인 게 낫다.

그래서 당신은 버틴다. 심란한 밤하늘을 올려다본다. 믿기 힘들게도 우주비행사인 친구가 저 하늘에서 하루하루를 보내며 당신이 사는 청록색 바다 위 사마르섬의 굉장한 사진들을 이메일로 보내온다. 친구는 당신더러 떠나라고 말할 것이다. 당장 휴대전화를 보면 대피하라는 친구의 메시지가 와 있을 것이다. 필요하다면 항공편을 마련해 줄 사람도 있다고 할 것이다.

아내는 조심스럽게 말한다. **참 친절한 사람이네.** 사실이다. 세상에서 가장 친절한 친구. 애들 학비로 다달이 돈도 보내 준다. 만난 적은 딱 한 번이다. 친구는 (신혼여행으로) 다이빙 여행 중이었고, 당신은 어선을 타고 있었다. 줄을 끊는 칼이 떨어져 순식간에 바다로 가라앉았다. 10달러를 주고 산 칼은 근사했고 날이 잘 들었다. 바로 그때 물고기 떼와 섞여 잠수 중이던 우주비행사와 그의 아내가 돌고래가 튀어 오르듯 수면 위로 나타나 어선 끄트머리에서 바다를 살피는 당신을 발견했다. 그리고 자신들이 칼을 찾아 주겠다며 15분 동안이나 물속으로 내려가 고집스럽게 버텼다. 당신은 손을 들어 괜찮다고, 신경 쓰지 말라고 했지만 그들은 신경을 써 줬고, 결국 기적처럼 25미터 아래 바위에 끼어 있는 칼을 찾아냈다.

우주비행사와 어부. 두 세계의 충돌. 아내와 함께 저녁을 먹으러 찾아온 우주비행사는 마치 그날 오후 우주에서 막 떨어진 사람처럼 애들을 매료시키고 판잣집에 마법을 걸었다. 타고나기를 의심 많은 아내마저 마음의 빗장을 거의 다 풀었다. 심지어 그가 찍어 준 가족사진조차 마법을 부린다. 날씬하고 여려 보이는 아내, 강렬한 사자 같은 당신, 그리고 (앉거나 서서 놀라고 경계하고 얌전한 표정으로 씩 웃고 엄마 아빠에게 달라붙는) 네 아이의 모습은 어수선하지만 아름답다. 우리 애들이 이렇게 예뻤던가, 당신은 처음으로 그런 생각을 한다.

지금 당신은 그 사진을 손에 쥐고 있다. 폭풍을 피해

대피하게 된다면 우주비행사가 찍은 이 사진만큼은 챙겨 가리라. 하지만 대피할 일은 없다. 어디로 간단 말인가? 그렇게 쉬운 일이 아니다. 이곳에 당신 삶이 있고, 그 삶은 다른 데로 옮겨질 수 없다.

머리 위에 있는 것은 지구 둘레와 교차하며 낮과 밤을 날카롭게 가르는 명암 경계선이다. 이 선이 파푸아뉴기니를 둘로 나눈다. 그걸 기준으로 반쪽은 훤하고 나머지는 컴컴하다.

주광晝光이 비치는 반쪽 땅은 무성하고 용을 닮았다. 오래도록 저물지 않는 빛을 받은 산들은 신화 속에 나올 법하고, 바다의 경계는 발광 생물들이 빛나는 해변으로 정해진다. 컴컴한 다른 반쪽은 감청색 바닷물에 드리운 그림자다. 바닷가에는 전깃불이 한두 개만 반짝인다. 우주선은 짙은 어둠이 깔린 남동쪽으로 미끄러져 간다. 솔로몬 제도, 바누아투, 피지가 옅은 금색 덩어리들로 흩어져 있다. 오른쪽으로 부드러운 비단을 입은 캔버라, 시드니, 브리즈번이 지나가고 나면 한동안은 간간이 남쪽 바다에 끼어드는 뉴질랜드의 직조된 끄트머리 땅 말고는 아무것도 보이지 않는다.

연중 이 시기가 되면 남극 대륙의 위쪽은 온전한 밤이 여섯 시간도 채 되지 않는다. 나머지 시간은 낮이거나 어스름한 노을이다. 지금은 짧고 급격한 밤이다. 남극 연구 기지에서 종種 이주를 연구하는 생물학자들이 해마다 돌아오는 북극제비갈매기를 관찰하려고 막 캠프를 차렸다. 이 희귀한 새들이 조만간 북극에서 남극까지 날아올 것이다. 새들은 장거리 육상선수가 되기 위해 내부 장기 일부를 작게 만든 뒤 약 1만 마일을 비행한다. 10월 초엽, 남극이 길고 집요했던 어스름에서 벗어나고, 크릴새우들이 얼음 밑에서 바글댄다. 생물학자들은 하늘을 갑자기 하얀빛으로 물들이며 도착하는 새 떼의 날카로운 끽끽 깍깍 울음소리를 기다릴 것이다. 그러나 지금 막간의 밤에 생물학자들은 다른 것을 보러 나와 있다. 굳이 올려다보지 않아도 알 수 있다. 기지를 둘러싼 녹색 고리. 화성인들이 오고 있어, 그들은 말한다. 달을 닮은 설원에서 발을 구르며, 붉은빛이 은하수를 갈라 펼쳐 내는 것을 지켜본다.

돔 창가를 지나치며 바깥을 흘끔 보는 로망이 있는 이곳 우주에서, 처음에 그 풍경은 또렷하지 않다. 위치를 파악하기까지 시간이 걸린다. 드넓게 펼쳐진 겨울의 황량함, 진줏빛 구름, 그리고 남극권에서 떠내려가는 빙하의 낯익은 빛. 오른쪽에서는 플레이아데스성단이 대담하게 빛을 발하고 있다. 가끔은 개별적인 것이 보고 싶어진다. 피라미드나 뉴질랜드 피오르, 아니면 완전히 추상적이어서 인간 눈으로 헤아릴 수 없는 밝은 주황빛 사막 모래 언덕 같은 것들. 그런 이미지는 페트리 접시에 올라간 심장 세포처럼 손쉽게 확대해 볼 수도 있다. 가끔은 연극과 오페라가, 지구의 대기권과 대기광이 보고 싶다. 지극히 사소한 것들이 그립기도 하다. 말레이시아 연안의 어선들이 별처럼 검은 바닷물에 점점이 박혀 반짝이는 모습 같은 것들. 그러나 지금 로만은 다들 일종의 육감으로 알고 있는, 자신은 반신반의했던 것의 존재를 목격하기 시작한다. 녹색과 붉은색의 오로라가 대기권 내부를 뱀처럼 감싸 안고 무언가를 가둬 놓은 듯 구부러지고 휘어지며 아슬아슬한 장관을 이룬다.

넬, 하고 로만이 말한다. 빨리 와서 봐. 모듈을 지나치던 넬이 헤엄쳐 돔 창가로 온다. 둘은 눈앞의 전망을 보고 잔뜩 신이 난다.

대기광은 탁하게 푸르스름하고 누르스름하다. 그 아

래 대기권과 지구 사이 틈새에서 흐릿한 네온빛이 흔들리기 시작한다. 일렁이고 쏟아진다. 지구 표면을 자욱하게 덮는 연기다. 얼음이 녹색으로 물들고 우주선 밑면에 낯선 장막이 깔린다. 테두리와 팔다리가 생겨난 빛이 접히고 펼쳐진다. 대기권 내부에서 몸부림치며 비틀리고 구부러진다. 연기가 피어오른다. 형광을 발하며 환해진다. 그러다 빛의 탑이 되어 폭발한다. 시원하게 대기권을 뚫고 나가 200마일이나 되는 탑을 올린다. 그 꼭대기를 뒤덮은 자홍색 붉은빛이 별들을 가리고, 뒹굴고 깜빡이고 떨리고 범람하는 빛이 전 지구에서 어른거리고 술렁이며 우주의 심연을 그려 낸다. 이곳에 흘러넘치는 녹색 빛이, 저곳에 뱀처럼 꿈틀대는 네온빛이, 수직 기둥으로 솟은 붉은빛이, 눈부시게 빛나는 혜성들이, 방향을 틀려는 듯한 근거리 별들이, 하늘에 붙박여 움직이지 않는 원거리 별들이, 그 너머 거의 보이지 않는 작은 점들이 있다.

어느새 숀과 치에도 왔다. 안톤은 러시아 모듈 창가에 있고 피에트로는 실험실에 있다. 여섯 명 모두 나방처럼 창에 달라붙는다. 궤도가 남극 위를 돌다가 이제 북쪽으로 올라가기 시작한다. 지나간 길에 오로라의 파문이 남는다. 지쳐 버렸는지 무너져 내리는 탑. 자기장 위에서 꿈틀대는 녹색 빛. 남극점이 뒤로 물러난다.

로만은 아이 같은 얼굴로 목구멍 안쪽에서부터 터져 나오는 **와우**를 집어삼키고 **오피게티**, 하고 중얼거린다. **스고이**, 치에가 맞장구치고 넬도 같은 말을 되풀이한다. 이걸 기억해야 해, 모두가 생각한다. 지금 이걸 **기억**해.

궤도 5, 상행

보름 전쯤 안톤은 코앞으로 다가온 달 착륙 꿈을 꿨다. 사실은 무척 비슷한 꿈을 이틀 연달아 꿨다. (효율성을 시험하듯 똑같은 꿈을 그대로 되풀이하는 것은 그의 머릿속에서 늘 일어났다.) 안톤은 우주비행사라고 으레 달이나 우주 꿈을 꾸는 쪽이 아니다. 도리어 불이 번지는 방 안에서 렌치를 사용해 작은 창문으로 탈출해야 하는 상황같이 아주 현실적인 꿈을 꾼다. 아니면 꿈에서도 훈련을 한다. 그런데 요즘은 밤마다 낯선 이미지들이 쏟아진다. 기묘하고 아련한 꿈들은 그가 아닌 다른 누군가의 것인 듯하다. 이번에 반복적으로 꾼 꿈은 주인이 따로 있는 게 틀림없다. 어제 케이프 커내버럴을 떠난 우주비행사들의 것이다. 꿈에는 온갖 게, 빌어먹을 미국 것들이 나왔다. 1969년 최초로 달 임무에 성공했을 때 마이클 콜린스가 촬영한 그 유명한 이미지, 달의 표면을 떠나는 달 착륙선과 그 위에 떠 있는 지구 사진이 그의 꿈에 등장한 것이다.

러시아인이 이러한 생각에 젖는 것은 금물이다. 다들 이에 대해서는 입을 다문다. 무척이나 떨떠름한 침묵이다. 열세 번째, 열네 번째, 열다섯 번째 그리고 곧 있으면 열여섯 번째 미국인이 달의 움푹 파인 먼지 표면에 착륙할 것이다. 그러는 동안 러시아인은 단 한 명도 성공하지 못했다. 단 한 명도. 달에 러시아 국기는 꽂히지 않았다. 그러니 러시아인의 머리가 이런 꿈을 꿔서는 안 되는 것이다. 달에 착륙하는 첫 번째 두 번째 세 번째 네 번째 다섯 번째 여섯 번째 꿈을 꿔서는 안 되는데, 어떻게 멈출 수 있지?

콜린스가 촬영한 사진 속 달 착륙선에는 암스트롱과 올드린이 타 있다. 착륙선 바로 뒤에 달이 있고 25만 마일 위에는 푸른 반구 모양의 지구가 인류를 품고서 깜깜한 암흑 속에 떠 있다. 사진에서 빠진 인간은 마이클 콜린스가 유일하다고 전해진다. 그게 이 사진이 그토록 매혹적인 이유였다. 인류가 아는 한 현존하는 모든 인간이 빠짐없이 들어 있는 사진에 정작 그걸 촬영한 사람만 빠져 있다는 것이.

안톤은 그런 주장을 도무지 이해할 수 없었다. 적어도 그에게는 매혹적이지 않았다. 카메라에 잡히지 않은 지구 반대편 사람들, 그리고 밤이라서 우주의 어둠에 집어삼켜진 남반구 사람들은 어쩌고? 그들도 찍혔다고 할 수 있나? 사실 사진 속에는 아무도 보이지 않는다. 달 착륙선에 타 있는 암스트롱과 올드린, 이 위치에서 보면 무인 행성일 수밖에 없는 지구의 인류 모두 보이지 않는 존재들이다. 사진에서 가장 강력하며 확실히 추론할 수 있는 생명의 증거는 사진을 찍은 사람이다. 뷰파인더를 들여다보는 눈, 셔터를 누르는 손가락의 온기. 그런 의미에서 콜린스의 사진이 더욱 매혹적인 이유는 사진을 촬영하는 순간 그 안에 **유일하게** 존재하는 인간이 바로 콜린스이기 때문이다.

안톤은 아버지가 이 사실에 길길이 날뛰는 모습을 상상해 본다. 사진 속 유일한 인간이, 우주 속 유일한 생물이, 미국인이라니. 아버지는 술에 취하면 그에게 러시아인의 달 착륙 이야기를 과장 섞어 자세하게 들려주곤 했다. 그는 아버지의 말을 믿고 그 이야기가 진실인 줄 알았다. 하지만 물론 꾸며 낸 이야기였다. 그 꾸며 낸 이야기가 그에게 얼마나 큰 영향을 줬는가. 나중에 크면 자신도 달에 가는 러시아인이 될 수 있느냐는 물음에 아버지는 그럴 수 있다고, 너는 그렇게 될 운명이라고 말해 줬다. 달 표면에 꽂힌 러시아 국기 옆에는 작은 코롭카 상자가 있다고 했다. 안톤이 좋아하던 우유 맛 과자였는데 마지막으로 달에 다녀간 러시아 우주 비행사가 남기고 간 것이라고 했다. 그 상자는 안톤의 몫이었다. 언젠가 그가 그 코롭카를 먹게 되리라.

이게 다 가짜란 것을 언제쯤 알았는지 가물가물하다. 러시아인은 달에 착륙하지 못했으며 달에는 러시아 국기도, 코롭카도 없었다. 그래도 아버지가 들려준 이야기 중 그가 달에 가게 되리라는 부분만은 진실로 믿겠다고 마음먹은 건 언제였는지 역시나 기억나지 않는다. 그는 아내에게도 그렇게 말했다. 자신만만하게, 때 이른 자부심과 벅차오르는 애국심과 한 사람이자 남편이자 미래의 아빠로서 의무감을 느끼며, 자신은 달에 가는 최초의 러시아인이 될 것이지만 마지막일 리는 없다고 말했다. 그렇게 말한 지 어느덧 여러 해가 흘렀다.

보름 전 처음 꿨던 꿈속에서 그는 그저 사진을 물끄러미 보고 있었다. 아니, 사진 속 이미지가 그의 현실이었다. 마치 콜린스가 되어 우주 속 유일한 인간으로 혼자 떠다니는 듯했다. 두 번째 꿈에서도 변함없이 떠다녔고, 고요하게 혼자였다. 그러다 희미하게 중얼거리는 소리가 들려왔다. 수천 혹은 수백만 개 목소리가 와글와글 중얼거리고 있었다. 귀를 기울이자 지구가 가까워졌고 목소리들이 요란해지더니 하나로 합쳐졌다. 자신의 목소리였다. 안톤은 자신을 봤다. 어쩌면 아닐지도 모른다. 그는 자신의 목소리를 봤거나 목소리로 **존재했**던 것일지도 모른다. 그는 지구 표면에 서서 우주와 달을 바라보고 있다. 달은 아득히 멀고 작은 모래알만 하다. 그는 머나먼 달이나 그 부근에서 카메라를 앞에 두고 있는 아내를 향해 소리쳤다. 물론 아내는 그의 목소리를 듣지 못했지만, 어쩐지 그는 아내가 카메라 렌즈로 자신을 볼 수 있다는 것을 알았다. 소리치고 손을 흔드는 자신이 구조되려는 것인지, 구조하려는 것인지, 확신이 서지 않았다.

넬은 가끔 숀에게 묻고 싶다. 우주비행사이면서 어떻게 신을, 그것도 천지를 창조한 신을 믿을 수 있느냐고. 하지만 무슨 대답이 돌아올지 알고 있다. 숀은 넬에게 우주비행사이면서 어떻게 신을 믿지 않을 수 있냐고 되물을 것이다. 결론은 나지 않는다. 넬은 끝없는 어둠이 맹렬하게 깔린 양쪽 창문을 가리킨다. 태양계들과 은하계들이 마구 흩어진 세계. 시공간의 왜곡이 거의 눈에 보일 정도로 시야가 깊고 다차원적인 세계. 이것 봐, 어떤 아름다운 힘이 아무런 의도 없이 내던져 놓은 게 아니면 이런 게 어떻게 만들어지는데?

숀도 끝없는 어둠이 맹렬하게 깔린 양쪽 창문을 가리킨다. 태양계들과 은하계들이 마구 흩어진 바로 그 세계, 시공간이 왜곡된 바로 그 깊고 다차원적인 시야를. 그리고 이렇게 말한다. 아름다운 힘이 **충만한** 의도를 가지고 내던진 게 아니면 이런 게 만들어질까?

그렇다면 둘의 관점 차이는 결국 의도의 문제인 걸까? 넬의 우주와 똑같되 계획과 정성으로 빚어진 것이 숀의 우주라는 건가? 넬의 우주는 자연 발생한 것이고 숀의 우주는 작품인가? 차이는 사소한 동시에 극복할 수 없을 만큼 어마어마해 보인다. 아홉 살이었나 열 살이었나, 어린 시절 겨울날 아빠와 숲속을 거닐었던 때를 기억한다. 커다란 나무를 거의 다 지나치고 나서야 그들은 그게 인간이 나뭇가지 수만 개를 접착해 만든

조각품임을 깨달았다. 엮인 나뭇가지들이 마디와 껍질과 줄기와 가지 형상을 하고 있었다. 그 나무는 헐벗은 겨울나무들과 분간이 가지 않았다. 하지만 예술 작품이란 걸 알게 되는 순간 색다른 에너지와 분위기를 발산했다. 넬은 자신과 숀의 우주를 가르는 차이도 이와 같다고 느낀다. 자연이 빚은 나무와 예술가가 빚은 나무의 차이. 그 차이는 사실상 존재하지 않지만, 세상에서 가장 심원하다.

넬은 더 이상 숀에게 묻지 않는다. 그러다 단둘이 점심을 먹는데 숀이 불쑥 이런 말을 한다. 일요일 오후에 아빠랑 삼촌이랑 달 착륙을 봤어. 아빠가 녹화한 영상으로. 그런데 그거 알아?

숀은 조리실 테이블 앞에서 가슴살 스테이크 팩을 향해 포크를 내밀다가 문득 생각에 사로잡혀 포크를 든 채로 멈췄다.

열 살이나 열한 살쯤이었는데, 나한테는 그게 어른이 된 사건이었어. 아빠랑 삼촌이 처음으로 나를 자기들과 대등하게 대한 때거든. 그게 싫었어. 정말로, 그게 싫었어.

넬은 계속 놀란 표정으로 쳐다본다. 짧은 머리는 전류가 흐르듯 삐죽 섰고 중력을 잃은 뺨은 부어 있다. 넬이 충분히 데워지지 않은 리소토 팩의 끝을 자른다. 배고프니 아무렴 상관없다. 넬은 해마처럼 좀처럼 가만히 있지 못하고 대롱대롱 매달려 리소토를 먹는다. 맞은편의 손도 가만히 있지 못하기는 마찬가지다. 이들의 옷은 피부 위로 두둥실 떠 있다.

손이 말한다. 그 전까지는 딴 애들처럼 우주 책을 닥치는 대로 읽었어. 우주왕복선 프로그램에 대한 책들 말이야. 벽에는 아폴로호, 디스커버리호, 아틀란티스호 포스터를 걸어 놨지. 그런 걸 꿈꿨던 것 같아. 그러다 아빠랑 삼촌이랑 최초의 달 착륙 영상을 본 그날, 아빠 얼굴에서 그걸 본 거야. 갈망하고 있는 것처럼 보였어. 아빠와 삼촌 둘 다 영상을 보면서 인생의 공허함과 충만함을 동시에 느끼는 듯했지. 그게 싫었어. 생각하면 짜증이 치밀어. 아빠 얼굴에서 본 허기와 결핍을 생각하면.

넬은 무슨 표정인지 알 것 같다. 남자들이 스포츠를 볼 때 짓는 표정. 이를테면 자신들이 응원하는 축구팀이 그들에게 승리를 가져다주지만 그러기 무섭게 곧바로 거둬 갈 때의 표정. 승리의 영광은 팀의 것이지 이제는 무슨 수로도 그런 팀에 들어갈 수 없는, 소파에나 앉아 있는 자의 것은 아니므로.

숀은 식사를 멈췄다. 포크를 공중에 띄웠다가 잡고 또 띄웠다가 잡기를 반복한다.

그날 이런 생각을 했던 걸 기억해. 우주비행사가 되고 싶어 하는 사람이 있을까? 갑자기 부적절하게 느껴졌어. 우주비행사란 게 슬프고 좌절한 미국 남자들의 투영 같아서.

판타지, 넬이 말한다.

판타지, 숀이 맞장구친다.

넬이 고개를 끄덕인다. 숀은 웃음을 터트린다. 지금 우리 모습을 보라는 듯.

나는 말이야, 넬이 말한다. 어릴 때 챌린저호 발사 장면을 보면서 저게 내 길이란 걸 알았어. 달 착륙이 아니라, 챌린저호가. 그때 깨달은 거야. 우주가 진짜고 우주비행도 진짜구나. 진짜 사람이 하는 일이고 그러다 죽기도 하는구나. 나 같은 진짜 사람이 정말로 하는구나. 만약 내가 저런 일을 하다가 죽는다면 그래도 괜찮겠다는 생각이 들었어. 어차피 죽을 테니까. 그때부터 이건 꿈이 아니라 타깃이 되었어. 삶의 목표. 그렇게 챌린저호에서 죽은 우주비행사들에게 집착하게 되었어. 그게 시작이었던 것 같아.

나도 생생히 기억해, 슌이 말한다. 그 장면을 지켜보던 순간이 기억나. 더럽게 무서웠어.

진짜 더럽게 무섭더라, 넬이 말한다.

이들 사이에 이런 이야기는 잘 오가지 않는다. 이런 건 정거장 운영이나 당번표, 도킹 과정에서 생긴 누출 지점을 찾아내 정비하는 일, 박테리아 필터 청소, 흡입 팬이나 열 교환기 교체 같은 이야기를 하다가 잠깐씩 나눈다. 아니면 어릴 때 봤던 TV 프로그램이나 좋아하는 책 이야기를 한다. 이번에 알게 된 사실인데 이들은 5개국에서 각자 나름의 형태로 곰돌이 푸와 함께 컸다. 알고 있는 이름은 위니 푸 로세토, 푸 상, 비니 푸흐로 다르지만, 다들 마음 어딘가에 똑같은 모습의 작은 곰 인형을 간직하고 있다. 그러나 이들을 이곳까지 오게 한 동기와 욕망은 꺼내 놓지 않는다. 중요한 건 이들이 여기 있다는 거다. 이곳에 왔고, 여기서 새 삶을 시작한다. 가지고 온 것들은 모두 머릿속에 있다. 필요해지기 전까지는 거기 계속 둔다. 중요한 건 지금이다. 이곳이 이들의 집이다.

숀이 커피를 타는 동안 넬은 말을 꺼낼까 말까 고민한다. 숀의 십자가 목걸이가 턱 바로 밑에 둥둥 떠 있다. 넬이 숀의 종교에 대해 묻고 싶은 건 바로 그래서다. 떡하니 눈에 보이는 십자가 때문에. 숀은 견과류 믹스가 든 팩을 까서 헤이즐넛 하나를 공중에 띄운 다음 송어처럼 입을 빼끔 벌리고 다가간다.

챌린저호에서 목숨을 잃은 일곱 우주비행사 말이야, 넬이 말한다. 나는 그 사람들 삶을 속속들이 알았어.

숀은 플라스틱 커피잔으로 커피액을 빨아 마신다. 장난감 물뿌리개에서 물을 받아먹는 것처럼 우스운 모습이다.

고작 일곱 살이었는데, 넬이 말한다. 벽에다 비행사들 사진을 붙여 놨었어. 생일이 되면 촛불도 켜 주고. 한 3년은 그랬을 거야.

숀이 말한다. 정말로?

정말로.

그럴 수 있지.

아빠가 그런 나를 한 번도 말리지 않은 게 신기해.

숀이 천천히 고개를 끄덕이며 곰곰이 따져 본다. 죽

은 우주비행사들을 위해 촛불을 켜는 꼬맹이의 모습을 그려 보며. 촛불을 켰으니 말 다 했지. 거기다 우주비행사들을 위해서라니. 하지만 뭐라 하기도 뭐한 것이 숀은 여동생의 무단 침입을 막겠다고 자기 방에다 광섬유 케이블로 덫을 설치했었다. 어린애들은 다 나름대로 별나다.

무서웠어, 넬이 말한다. 분명 존재하던 사람들이 70초 만에 사라졌어. 증발해 버렸어.

왜 아니겠어, 숀이 말한다.

70초 만에, 사라졌어.

온 세상이 지켜보는데, 숀이 말한다. 애들도 다 지켜보는데.

모두가 지켜봤지, 모두가…. 넬은 벼랑 끝에 선 것처럼 움찔한다. 어릴 때는 그 생각만 하면 잠이 안 왔어. 모든 게 그렇게 한순간에 바뀔 수 있다는 생각 말이야. 그리고 아빠는 그런 나를 내버려 뒀어. 딸을 위로한답시고 촛불이 악마를 쫓아내 준다고 말해 준 적도 있어. 누군가를 추억할 때 촛불을 켜는 건 그래서랬어. 그 사람 곁에서 악마를 쫓아내 준다고. 아빠는 실없는 말을 좀처럼 안 하는 분이었는데 그 얘긴 진짜 말도 안 되지.

우주왕복선이 5000조각으로 폭발했고 우주비행사들이 탄 칸이 시속 수백 마일 속도로 12마일을 곤두박질쳐 바다 한가운데서 박살이 났는데, 그 사람들을 악마에게서 지킨다는 게 무슨 소용이야? 악마가 있다면 진즉에 그 사람들을 잡아간 거 아닌가?

넬은 이 일을 생생히 기억한다. 주방 찬장에서 생일 축하용 초들과 촛대들을 찾다가 점토에 꽂아 놓고도 몇 시간 동안이나 감히 성냥을 켜지 못했다. 성냥을 켜는 것은 금지였다. 성냥은 위험한 물건이었고 자칫 자기 손에서 폭발할 수도 있었다.

숀은 대답이 없다. 무시하는 건 아니다. 생각 중인 듯하다. 넬도 생각한다. 사고가 있고 한 달 후 해저에서 우주왕복선 잔해와 우주비행사들의 시신이 수습되었을 때 얼마나 울었던가. 그리고 스스로도 이해할 수 없는 슬픔에 이끌려 그 사건에 얼마나 집착하게 되었는가. 넬의 아빠는 딸이 지금도 그런 것 같다고 생각한다.

순간 숀은 생각한다. 진공 우주 속 깡통에서 나 지금 뭐 하는 거지? 깡통에 든 깡통 인간. 4인치 두께의 티타늄 밖에 죽음이 있다. 그냥 죽음도 아니다. 존재의 말

살이다.

왜 이러고 있지? 절대 번영할 수 없는 세상에서 바득바득 살아 보려고 하는 이유는 대체? 완벽한 지구가 저기 있는데 굳이 우주가 원치 않는 곳에 가려고 하는 이유는? 우주를 향한 인류의 갈망은 호기심일까 아니면 배은망덕함일까. 손은 절대 알 길이 없다. 이 기묘하고 뜨거운 열망이 그를 영웅으로 만들까 아니면 바보로 만들까. 딱히 어느 쪽에도 못 미치리라는 것은 분명하다.

생각들이 벽에 부닥쳐 멈춘다. 그리고 갑작스러운 근심으로 다시 태어난다. 오늘 벌써 100번째다. 달로 떠나간 네 사람, 그의 동료들이자 친구들에 대한 걱정이.

기운 차려, 아내는 이렇게 말했었다. 저 위에서 소멸하더라도 당신은 수백만 개 파편이 되어서 지구 궤도를 돌게 될 테니까. 그렇게 생각하면 좋지 않아? 그리고 비밀을 모의하듯 웃는다. 습관처럼 그의 귓불을 어루만지며.

어이, 쥐 친구들, 치에가 속삭인다. 어이.

실험실 선반에서 장치를 빼내 상자를 꺼내자 그 안의 쥐들이 움츠러들며 달아나려 한다. 치에는 손가락으로 쥐를 잡아 올린다. 주변에서는 라디오 소리가 빗물로 불어난 개울처럼 졸졸 흘러나오고 있다. 오후인 지금 쌩쌩하게 깨어난 미국이 달 탐사 이야기를 한창 늘어놓는다. **최초로 여자 우주비행사가 달로 향했습니다. 남성 그리고 여성 인류가 새롭게 위대한 도약을 합니다.**

다섯 개 장치에는 각각 여덟 마리 쥐가 들었다. 그중에는 (쥐들을 이곳까지 쏘아 올린 로켓을 제외하면) 과학의 도움을 받지 않은 쥐들이 있고, 근육 손실을 방지하는 주사액을 주기적으로 맞는 쥐들 그리고 애초에 중력 없이도 살 수 있게 유전자가 변형되어 몸집이 보통 쥐보다 큰 쥐들이 있다.

1번부터 3번 장치에는 과학의 도움을 받지 않은 쥐들이 산다. 이 쥐들은 날마다 쇠약해지고 있다. 보급선에 실려 도착한 지 일주일 만에 영혼이 무너져 내린 것 같다. 쪼그라든 몸통에 까만 눈이 불룩 튀어나왔고, 발은 상대적으로 커진 데다 제구실을 못 해 어딘가 괴이하고 퇴화한 모습을 하고 있다.

4번 장치의 쥐들은 미끼 수용체를 주입받아 상대적으로 몸집이 크고 튼튼하다. 치에가 한 마리씩 꺼내 엄지손가락으로 목덜미를 지그시 누르면 쥐들은 반항할 생각을 하지 않고 그대로 얼어붙는다. 시선은 짐작할 수도 없는 존재를 향해 고정된다. 펠트처럼 보드랍고 박쥐처럼 접힌 귀도 미동이 없다. 치에는 다른 손 엄지손가락으로 가만히 주사기를 누른다. 치에의 손에서 풀려난 쥐는 케이지로 돌아간다.

5번 장치의 유전자 변형 쥐들은 더욱 씩씩하다. 몸집이 부풀려진 만큼 더 많은 이점과 힘을 얻었음을 본능적으로 아는 모양이다. 먹이통을 교체하려고 손을 넣으면 쥐들이 찍찍 다가와 치에의 손에 흥미를 보인다. 치에의 손과 쥐들의 몸집은 크게 차이 나지 않는다. 반면 위축된 근육을 치료받지 못한 쥐들은 그녀 손바닥과 비교하면 자두만 하다. 치에는 쥐들의 귓가에 입을 가져다 대고 속삭인다. 미안한데, 너희 누구도 살아서는 못 돌아가. 작은 애들도, 큰 애들도. 다 끝이야. 미안하게 생각해.

쥐들은 이 소식을 냉정하게 받아들이는 것처럼 보인다. 너희는 그래야 해, 치에가 말한다. 언제나 냉정하게 살아. 엄지손가락으로 쥐의 날카로운 등뼈를 훑는다. 엄마를 떠나보내며 뼈 추리기 의식을 못 하게 된 게 못내 아쉬울 것 같다. 화장 후에 잿더미를 살펴 남은 유골

조각을 찾아야 하는데. 그걸 놓친 게 제일 마음 아프다. 치에가 가장 발견하고픈 뼛조각은 팔뚝 안쪽에 있는 척골 또는 요골이다. 엄마가 머리를 감겨 주거나 빗겨 줄 때 엄마의 손목 안쪽에 보였던 길고 도드라지는 그 뼈. 그 부위가 구부러지고 도르래처럼 움직이던 모습을 기억한다. 어린 치에의 머릿속에서 그 모습은 로봇처럼 너무나 완벽해 보였다. 그 뼈 아니면 그 일부 조각이라도 발견할 수 있다면 좋을 텐데. 삼촌에게라도 살펴봐 달라고 부탁해야겠다.

조리실에서 피에트로는 마카로니 치즈를 점심으로 먹는다. 뭐, 이들끼리는 그걸 마카로니 치즈라고 부른다. 지구를 떠나기 전 10대 딸이 이런 말을 했었다. 진보가 아름답다고 생각해요? 그럼, 아름답지, 그는 별생각 없이 대답했다. 정말 아름답고말고. 그러면 원자폭탄은요, 기업 로고 모양으로 빛나게 우주에 쏘아 올리겠다는 위성은요, 프린팅 기술로 달의 먼지 표면에 세우겠다는 건물은요? 꼭 달에 건물을 세워야 하는 거예요? 나는 그냥 지금 이대로의 달이 좋은데. 그래, 그래, 그는 대답했다. 아빠도 그래, 하지만 그 모든 게 아름다워. 왜냐면 아름다움은 선함에서 오지 않거든. 너는 진보가 선하냐고 물은 게 아니었지. 인간도 선해서 아름다운 게 아니란다. 살아 있으니 아름다운 거야. 어린애처럼. 살아 숨 쉬며 세상을 궁금해하고 한시도 가만히 있지 않기 때문에. 선한지는 상관없어. 눈에 빛이 감돌기 때문에 아름다운 거야. 가끔은 파괴적이고 상처를 입히고 또 가끔은 이기적이지만, 살아 있기에 아름다워. 살아 숨 쉰다는 점에서 진보도 그렇단다.

그냥 그렇게 잘 넘어갔지만, 그때 피에트로는 우주 맞춤형으로 만들어진 즉석 마카로니 치즈에 대해서는 생각해 본 적 없었다. 이건 선하지도 아름답지도 않으며, 그 안에 살아 숨 쉬려는 어떤 의지도 담겨 있지 않다. 한번은 보급선에 실려 온 생마늘로 뭔가를 시도해 본 적이 있다. 마시고 남은 음료 팩에 마늘 몇 쪽을 기름과 섞어 넣고 가열했다. 그러면 기름기 도는 페이스트가 만들어져 아무 데나 뿌려 먹을 수 있을 줄 알았다. 그런데 팩이 과열된 나머지 내용물이 밖으로 흘렀고 결국 오븐부터 조리실, 수면실, 실험실까지 며칠이나, 사실은 몇 주가 지나도록 독한 냄새가 빠지질 않아 고생했다. 사실은 지금까지도 냄새는 나고 있을 것이다. (무한히 공기를 재활용하는 밀폐 우주선 안에서 냄새가 어디로 갈까.)

그때 라디오 소리가 들린다. 사흘간 달 착륙 여정을 떠난 우주비행사들을 태운 아르테미스호의 형제 오리온에 관한 내용이다. 아르테미스는 달의 여신이자 화살을 쏘는 사냥의 여신이다. 최첨단 과학 기술에 신화 속 신들의 이름이 붙는다는 건 참 이상한 일이다. 하지만 무슨 상관인가. 여기 있는 우주비행사 중 어느 누가 정신 나간 신의 이름을 딴 우주선에 타고 싶지 않을까? 지구가 아닌 바윗덩어리를 밟아 본다는 것. 멀어질수록 잘 보인다는 걸 그게 증명해 주지 않을까? 유치한 생각일 수 있지만 그는 이렇게 생각한다. 지구에서 아주 멀리 떨어지고 나면 그제야 비로소 그 세상을 이해할 수 있으리라고. 지구를 하나의 물체로, 작고 푸른 점으로, 동시에 장대하고 불가사의한 존재로 직접 보게 될 것이다. 지구의 미스터리를 이해하는 게 아니라 지구가 곧 미스터리임을 이해하고, 하나의 수학적 군집으로 지구를 바라보게 된다. 지구에서 견고함이 사라지는 것을 목격한다.

점심시간에 로만은 패킷 라디오를 켜 보지만, 하필 이들이 지나는 곳은 오스트레일리아의 텅 빈 중부 오지

여서 아마추어 무전기를 가진 사람이 있을 리 없다. 예상을 깨고 지지직거리는 소리가 조금 나긴 하지만, 말소리는 들리지 않는다. 말을 건네 본다. 저기요? **즈드라스테?** 러시아 조리실 벽에는 벨크로로 사진이 한 장 붙어 있다. 러시아인 최초로 우주정거장으로 탐험을 떠난 세르게이 크리칼료프의 사진이다. 크리칼료프는 우주정거장 건설에 참여했으며 그 전에는 소련 대표로 우주에 보내졌다가 예상보다 6개월이나 오래 궤도를 돌며 미르호에 체류했다. 미르호에 있는 사이 소련이 붕괴해 고향으로 돌아갈 수 없었기 때문이다. 그는 1년 동안 매일매일 패킷 라디오 저편에서 붕괴한 조국의 소식을 알려 주는 쿠바 여성과 대화했다. 크리칼료프, 로만의 영웅이자 우상. 사람들이 기억해 주지 않지만, 조용하고 똑똑하며 온화했던 사람.

다 가질 수는 없지, 피에트로는 포크를 닦으며 생각한다. 궤도에 있는 동안은 풍부한 양념을 기대할 수 없고 갓 구운 빵도 부족하며 마늘 실험은 폭발로 끝났고 미각과 후각은 어떤 식으로든 망가지고 만다. 하지만 부드럽고 은밀하게, 가장 밋밋한 순간에, 행복이 찾아온다. 우주선의 금속 껍질이 남반구 별들을 헤치고 나아가는 것을 느낄 수 있다. 내다보지 않아도 무수한 별들이 모여 있다는 걸 알 수 있다. 진보에 대한 딸의 질문이 옳다. 그때 그렇게 단언하며 궤변으로 질문을 종결짓지 말 걸 그랬다. 순수한 마음에서 우러난 질문이니 똑같이 순수한 대답을 해 줘야 했는데. 이렇게 말했어야 했다. 나도 모르겠다, 얘야. 그게 진실이기도 했다. 신경질적으로 지구를 파괴하는 인류를 어떻게 아름답게 봐줄 수 있겠는가? 인간의 오만함은 실로 어마어마해서 그에 필적할 것은 인간의 어리석음뿐이다. 남근을 닮은 우주선을 우주로 쏘아 보내는 것만큼 오만한 행동은 또 없다. 우주선은 자기애로 미쳐 버린 종족의 토템이다.

하지만 그가 딸에게 하고 싶었던 말은, 그리고 돌아가게 되면 해 줄 말은 따로 있다. 진보는 어떠한 실체가 아니라 느낌이라는 것. 배에서 꿈틀대기 시작해 가슴으로 북받쳐 올라오는 모험과 팽창의 느낌. (많은 경우 이 느낌은 일들이 잘못되는 머리에서 끝이 난다.) 피에트로는 이곳에서 크고 작은 순간마다 거의 끊임없이 그걸 느낀다. 세상의 심오한 아름다움을, 빽빽한 별들이 무성한 이곳까지 그를 쏘아 올린 믿기 힘든 은총을, 그는 배와 가슴으로 느낀다. 제어 패널과 환기구를 청소할 때, 따로 점심을 먹고 함께 모여 저녁을 먹을 때, 지구로 발사되어 대기권에서 연소되며 사라질 쓰레기를 화물 모듈에 적재할 때, 분광계가 지구를 측정할 때, 낮이 밤이 되고 또 빠르게 낮이 될 때, 별들이 나타났다가 사라질 때, 저 아래 총천연색 대륙이 지나갈 때, 공중에 떠다니는 치약 덩어리를 잡아 칫솔에 얹을 때, 머리를 빗고 일과를 다 마친 뒤 피곤한 몸을 끌고 끈이 풀린 침낭에 쏙 들어가, 이곳에서는 똑바른 방향이 존재하지 않는다는, 어떤 반발도 없이 머리가 받아들인 사실로 인해 똑바로도 거꾸로도 아닌 자세로 떠서, 밖에서 태양이 떠올랐다가 졌다가 하는 동안 인위적으로 정해진 밤에 지상 250마일 우주에서 잠을 청할 때, 그는 아름다움을 느낀다. 피에트로는 딸에게도 이걸 설명해 주고 싶다. 아니, 더 나아가 함께하고 싶다. (이곳에 딸도 있다면 얼마나 좋을까.) 딸아이도 이 모든 좋은 것들을, 그가 두 가지 임무를 하는 동안 줄곧 곁에 있었던 것들을 쾌적하고 막힘없이 볼 수 있다면. 어쩌면 그의 대답은 지나치게 확신에 차 있었다. 하지만 그러지 않을 수 있었을까? 짧은 역사지만 인간이 애써 쟁취해 낸 영역 중 바로 이곳이야말로 진보의 아름다움을 부정할 수 없는 곳 아닌가?

거래를 하자, 치에가 쥐들에게 말한다. 내가 저녁에 돌아왔을 때 너희가 비행하는 법을 배웠는지 볼 거야. 남은 시간 동안 이렇게 케이지 막대에 매달려 살 수는 없어. 그마저도 오래 남지 않았어. 몇 달 후면 너희는 대서양으로 떨어질 거야. 그걸 이겨 내고 살아남는다면 실험실에서 분석될 거고 곧장 과학에 희생당하겠지. 그러니 그만 놓아 줘. 얼른 그러는 편이 좋을걸. 무중력 상태가 마음에 들 거야. 더는 무섭지도 않을 거야. 삶은 짧아. (특히 너희들은.) 놓아 봐. 용기를 내.

안톤이 내다보는 실험실 창밖 끄트머리에 별들이 있다. 센타우루스자리, 남십자자리, 시리우스, 카노푸스. 방향이 반전되어 보이는 여름의 대삼각형 별 알타이르, 데네브, 베가. 안톤은 밀을 돌본다. 밀은 때로 감동적이고 어떤 때는 짜릿하고 슬픔을 자아낼 만큼 기세 좋게 자란다. 그러나 지금 그는 충격적인 암흑과 마주했다. 그를 멈추게 한 것은 공중에서 돌고 있는 행성의 극적인 장관이 아니라 그 밖에 모든 것의 쩌렁쩌렁한 침묵이다. **신만이 알고 있는** 그것. 마이클 콜린스는 달의 어두운 궤도를 혼자 돌며 그걸 그렇게 불렀다. 올드린과 암스트롱이, 지구와 온 인류가 저편에 있고 나 혼자만 여기 있을 때의 침묵, 신만이 알고 있는 그 침묵.

숀이 지상 근무원들을 통해 달로 떠난 우주비행사 친구들과 연락한다. 우주비행사들이 그렇듯 서로 절제된 대화를 나눈다. **올라갈 때 조금 흔들렸는데 지금은 안정적이야. 경치가 아름답네.** 자신도 가고 싶다는 숀의 말은 진실이며 거짓이다. 무엇보다 바라는 일이지만 동시에 그는 아내가 그립고 아내가 있는 곳에서 더 멀어질 자신이 없다. 달은 만월에 가까워져 탐스럽게 살이 올랐다. 대기권 가까이 낮아져 아래 절반은 앉아서 눌린 쿠션처럼 찌그러졌다. 눈 모자를 쓰고 양옆에 구름을 끼고 있는 안데스산맥 너머 북쪽으로 향하자 연한 빛이 보인다. 구름이 듬성듬성해지면서 저 아래 화재로 물러 터지고 맨살이 훤히 드러난 아마존이 나온다.

저기요? 로만이 패킷 라디오를 들고 저기 사라지는 오스트레일리아 대륙을 향해 말을 건넨다. **즈드라스테?**

그러자 잡음과 지지직거리는 소리를 겨우 뚫고 목소리가 들려온다. 거기 들리나요? 여보세요, 거기 들려요?

궤도 5, 하행

지구는 순환 시스템이 작동하는 공간이다. 성장과 부패, 강우와 증발, 대륙 날씨를 바꾸는 기류의 순환으로 지구는 살아 숨 쉰다.

당연한 소리지만 우주에서는 그걸 볼 수 있다. 무리지어 이동하는 날씨. 넬은 온종일 그런 걸 본다. 한때 기상학자였다가 우주비행사가 된 넬은 날씨를 보는 눈을 지녔다. 지구가 어떻게 공기를 끌어당기는지, 적도의 구름이 어떻게 지구 자전에 끌려 올라가 동쪽으로 이동하는지를 본다. 적도 바다에서 증발한 습하고 온난한 공기는 활 모양으로 굽어 극지방으로 끌리고 열기가 식고 가라앉을 때쯤 다시 곡선을 그리며 서쪽으로 잡아당겨진다. 끊임없는 움직임. 끌어당기고 끌리고 잡아당기고, 같은 표현은 이런 움직임의 힘을 표현해 주지만 우아함은 표현 못 한다. 이를테면 동시성/유동성/조화를 포착하지 못한다. 이런 것들은 딱히 뭐라 표현할 수 없다. 지구와 날씨는 별개의 것이 아니라 하나다. 지구가 기류이고 기류가 곧 지구다. 얼굴과 표정을 분리할 수 없듯이.

그러면 지금 넬이 보고 있는 표정은 무엇인가? 이 태풍은 90분 전보다 더 커지고 대담해져 육지에 점점 더 가까이 접근하고 있다. 사람들이 흔히 말하듯 그것은 분노가 아니다. 이곳에서 보면 분노 같은 것은 보이지 않는다. 도리어 반항이고 힘과 활기에 더 가깝다. **하카** 춤을 추는 마오리 전사처럼 눈을 부릅뜨고 혀를 내민 표정.

넬은 접근하는 태풍을 사진으로 남긴다. 무역풍을 형성하는 기류의 굴곡을 눈으로 볼 수 있다는 건 참 놀라운 일이다. 공기는 적도를 따라 서쪽으로 흘러가며 바다 표면의 온기를 휘젓는다. 그렇게 바다에서 연료를 끌어온 기둥 모양의 구름 덩어리가 만들어진다. 바다가 따뜻해질수록 폭풍도 커진다. 넬은 이 모든 걸 머리로 알지만, 이렇게 생생하게 본 적은 없다.

이번 태풍, 보통이 아니야, 피에트로가 곁으로 오며

말한다. 두 사람은 필리핀과 타이완, 베트남 연안에서 세를 가다듬는 태풍을 지켜본다. 모든 걸 빨아들이는 구멍 뚫린 태풍의 눈 주위로 수백 마일에 걸쳐 나선 형태의 구름 띠가 펼쳐진다.

필리핀이 너무 위태로워 보여, 피에트로가 말한다. 맨 앞에 나와 있는 작은 땅덩이가 당장이라도 쓸려 내려가게 생겼어.

넬도 고개를 끄덕인다. 저기서 다이빙을 많이 했었는데.

나는 신혼여행으로 필리핀을 다녀왔어, 피에트로가 넬에게 말한다. 투바타하 암초 부근에서 심해 다이빙을 했는데 평생 그런 장관은 처음 봤어. 상상도 못 한 형상, 색깔, 생물을 봤지. 사마르섬에서도 다이빙했는데 그러다 어부 친구를 사귀었어. 아내와 그 친구 집에 가서 가족들과 저녁도 먹었어.

사람들이 참 좋더라, 넬이 말한다. 따뜻하고 개방적이야. 나는 코론베이로 가서 난파선 다이빙을 해 봤어. 바라쿠다 호수랑 말라파스쿠아섬에도 갔고. 하루는 새벽에 물에 들어갔다가 쥐가오리랑 환도상어를 봤어. 상어들은 생긴 게 낫 같기도 하고 연마한 강철 같기도 하고, 수심에 찬 얼굴만 빼놓고 보면 꼭 인간이 만든 물건 같았어. 그리고 움직이지 않는 것처럼 움직였어. 물살을 가른다고 느껴지지 않았어. 피에트로가 말한다. 나도 고래상어는 봤어, 너도 본 적 있어? 아니, 그런데 진짜 보고 싶었던 건 봤지, 씬뱅이. 나도, 피에트로가 말한다. 진짜 끝내주더라, 샛노란 색이 환상적이던데. 정어리 떼는 또 어떻고. 맞아, 넬이 말한다. 바다 괴물이 옆을 스쳐 지나가는 것 같았지. 빛이 물살을 가르고 흘렀어, 피에트로가 말한다. 깊은 푸른색도 생각나, 넬이 맞장구친다. 빛, 색깔, 생물들, 산호, 소리, 그냥 모든 게다. 정말 모든 게 다 그렇다고, 피에트로는 수긍한다.

놀라운 것들:
상상력
재키 오나시스의 사망 원인(사타구니에 생긴 림프종)
공룡들
빨간색 뚜껑에 파란색 펜
초록 구름
나비넥타이를 한 아이들

치에는 엄마가 죽었다는 소식을 듣자마자 지구에서 궤도로 챙겨 온 몇 안 되는 소지품 하나를 찾아 꺼냈다. 치에가 이곳에 오기 전 엄마가 준 사진이었다. 사진 속 엄마는 집 근처 바닷가에 서 있다. 엄마는 젊다. 스물네 살이니 치에를 낳기도 전이다. 막 결혼해 바닷가 집으로 이사 왔을 때다. 7월이라서 분명히 더웠을 텐데도 두꺼운 모직 코트를 걸치고 바닷가에 서 있다. 사진 뒷면에는 아빠 손 글씨로 **달 착륙 날, 1969년**이라고 쓰여 있다. 엄마는 갈매기 한 마리가 빠르게 날아가는 듯 보이는 하늘을 노려보고 있다. 날아가는 갈매기는 뿌옇게 흐리지만, 엄마는 또렷하고 정적이며 가냘프고 작다. 엄마가 노려보는 게 갈매기인지 아니면 우주선 아폴로호가 있을 하늘인지는 확실치 않다.

어릴 적 치에에게 이 사진은 이해할 수 없으나 부인할 수도 없는 힘을 갖고 있었다. 사진 속에 달은 없으며 달에 착륙하는 모습도 없다. 그게 매혹적으로 다가왔다. 위대한 무언가가 이곳 아닌 어디선가 일어났다고 선언된 날. 그 사건은 동떨어져 있기에 신화적이었다. **달 착륙 날**. 어릴 적 치에는 바닷가에 서 있는 엄마가 달에서 벌어지는 일을 올려다보고 있는 게 틀림없다고 믿었다. 엄마가 맨눈으로 그걸 볼 수 있다고 생각했다. 그게 아니더라도 엄마가 어떤 식으로든 그 사건과 관련이 있는 줄 알았다. 이번 임무를 맡아 떠나오기 전 엄마에게 이 사진을 건네받지 않았더라면 치에는 그런 생각을 까먹고 살았을 것이다. 새삼 그런 생각의 무게와 과거의 힘을 느꼈고, 과거가 얼마나 은밀하게 미래를 만드는가를 실감했다. 돌이켜 보면 치에가 처음으로 우주를 생각했던 계기가 바로 이 사진이었다.

사진 뒷면에 **달 착륙 날, 1969년**이라는 문구 아래에는 엄마 손 글씨로 **그다음 그리고 이후의 모든 달 착륙을 위해**, 라는 말이 추가로 적혀 있다. 치에는 엄마가 이런 걸 쓴 게 너무 의외라고 생각한다. 어쩌면 엄마가 무언가를 알고 있었던 게 아닐까. 죽음을 미리 내다봤다거나. 그래서 딸을 떠나보내기 전 감상에 젖어 은근슬쩍 이런 말을 적어 놓은 걸까. 그렇게 생각하니 멍해진다. 엄마가 보고 싶다. 엄마의 강인함, 올곧음, 거리감이 그립다. 엄마는 확실히 특별한 사람이었다. 원자폭탄이 떨어지던 때 아기 침대에 누워 있던 사람이 몇이나 될까? 많지 않을 것이다. 끔찍한 8월의 그날 그 폭탄으로 엄마를 잃은 사람은 얼마나 될까? 엄마의 삶은 조용하고 정적이었다. 치에의 삶과는 무척 달랐다. 생각해 보면 바닷가의 엄마 사진은 그런 삶의 완벽한 상징이다. 세상이 흐릿하게 지나가는 동안 엄마는 가만히 있다. 모녀의 삶은 더없이 달랐지만, 치에의 용기는 모두 엄마에게 물려받은 것이다. 회복력과 덤덤한 성격, 힘들거나 어렵거나 위험한 것도 기꺼이 감당하는 태도, 힘들고 위험한 것을 과감하게 받아들여 즐기는 면모, 비행을 생각하고 말하고 꿈꾸는 시험 비행 조종사로서의 두뇌, 죽음과 정정당당하게 겨루고 그 경쟁에서 이기고 있으며 그래서 스스로 무적이자 상처받지 않는다고 느끼는 것, 조용하지만 예상치 못하게 무모한 것까지 모두, 엄마를 닮았다.

물론 치에는 안다. 자신이 무적이 아니란 것을. 하지만 그녀는 역사가 균열한 틈새로 빠져나와 모든 게 무너진 세상에서도 탈출구를 찾아낸 사람들의 피를 물려받았다. 치에의 할아버지는 원자폭탄이 떨어진 날 몸이 좋지 않아 병가를 내고 아기와 함께 있었다. 할머니는 시장에 나갔다가 유해도 찾을 수 없게 죽었다. 나가사키 군수 공장에서 일하던 사람들의 유해도 거의 남지 않았다. 그날 할아버지도 아프지 않았다면 공장에 있었을 것이다. 전쟁이 끝난 그 시절 일본 사람들은 누구나 아팠다. 반쯤 굶주렸고 콜레라나 이질 아니면 말라리아 또는 오래된 바이러스나 전염병에 걸린 채 치료는 꿈도 못 꾸고 겨우 몸을 가누며 살았다. 할아버지도 그런 바이러스 중 하나를 한동안 앓았고 그날 처음 병가를 낸 것이었다. 왜 하필 그날이었을까? 원래대로 공장에 나갔다면 할아버지도 죽었을 것이다. 할아버지가 집에 있지 않았다면 아기도 집에 없었을 것이다. 그날 아기가—치에의 엄마가—할머니를 따라 시장에 나갔다면, 짧은 생은 그대로 끝이 났을 테고 치에는 존재하지도 못했다. 치에 가족은 운명의 틈새를 비집고 나와 샛길로 비틀비틀 걸어갔다.

치에는 사진을 빤히 본다. 원래 이 사진은 집 벽에 붙어 있었다. 엄마가 사진을 가리키던 걸 기억한다. 이걸 봐, 치에 쨩. 사람들이 달에 간 날 엄마 모습이야. 치에는 지금도 **달 착륙 날** 바닷가에서 엄마가 뭘 봤는지 모른다. 이미지와 제목이 어울리지 않는, 이 이상한 장면에서 뭘 읽어 낼 수 있을까. 노려보는 눈빛의 의미를 말해 줄 단서를 찾아 엄마 얼굴을 뜯어보지만, 알 수 없다. 치에가 읽어 내는 모든 의미는 사후에 덧붙여진, 사실에 대한 추측에 불과하다. 왜 이 사진이 어릴 적 치에의 집 벽에 걸려 있었을까? 뭐가 그리 특별하거나 인상적이거나 의미 있길래? 엄마가 딸에게, 네가 앞으로 무엇을 할 수 있는지 보여 주마. 인간이, 그러니까 네가 무한에 가까운 일을 할 수 있다는 것을 아니? 라고 말하는 거였을까? 그렇다면 왜 기대나 희망에 부푼 표정이 아니라 이렇게 찡그리고 있지? 아니면 이렇게 말하고 싶었을까. 달에 간 사람 중에 여자가 한 명이라도 있니. 비백인, 비미국인 여자는 말할 것도 없지. 이건 무르익은 남성성을 과시하는 남자들이 로켓과 추력기와 탑재 장비와 세계의 시선을 등에 업은 모습이란다. 이게 세상이야. 남자들의 놀이터, 남자들의 실험실. 경쟁할 생각은 하지 마. 그래 봤자 결국 사기만 떨어지고 열등감과 열패감을 느끼게 되니까. 왜 절대 못 이기는 경주를 시작하고, 기를 쓰고 지려고 달려드니. 그러니 딸, 꼭 기억하렴. 너는 열등하지 않아. 그걸 굳게 명심하고서 존엄한 존재로 보잘것없는 삶을 살아가렴. 엄마를 위해 그렇게 해 주겠니?

아니면 이렇게 말하고 싶었을까. 달로 가는 이 사람들을 봐. 애야, 인간이 뭘 할 수 있는지 보고 두려워하거라. 그게 뭘 의미하는지 우리는 알잖니. 앞서 나간 자에게 쏟아진 열광과 영광을, 원자 분리의 경이로움을, 또 이런 진보가 무엇을 할 수 있는지를 우리는 알고 있어. 그날 길에서 죽은 네 할머니도 똑똑히 알았을 거다. 난데없는 소리와 함께, 머나먼 동시에 머릿속에서 터졌다고 해도 믿을 만큼 가까운 곳에서 섬광이 번쩍였을 때 말이야. 그때 할머니는 어리둥절한데도 이게 마지막 순간임을 직감하고, 첫째이자 외동딸인 나를 가장 먼저 생각했을 거야. 그게 할머니가 마지막으로 봤던 모습이었을 테지. 그러니 나의 첫째이자 외동딸인 치에야, 달을 걷는 사람들을 경이롭게 생각해도 되지만 그 영광의 순간을 위해 인류가 치른 대가를 절대 잊지 말거라. 인류는 언제 멈춰야 하는지를 몰라. 언제 그만둬야 하는지를 말이야. 그러니 이 엄마가 입 밖으로 꺼내지 않더라도 하고픈 말은 이것이란다. 조심해, 조심해야 해.

아무래도 치에는 이런 선택지 중에서 맨 처음 메시지를 고른 듯하다. 그것이 가장 엉성한데다 제일 믿음이 가지 않는데도, 그 메시지를 골라 할 수 있는 데까지 믿었다. 엄마가 하고픈 말이 그게 아니었을지라도 치에는 그걸 붙들어 지금 여기까지 왔다. 치에는 엄마가 이렇게 말했으리라고 이해했다. 달에 착륙한 사람들을 보렴. 갈망과 믿음과 기회만 있으면 무엇이 가능한지를 봐. 너도 원한다면 이 모든 걸 누릴 수 있어. 이 사람들이 할 수 있으면 너도 할 수 있어. **뭐든지** 말이야. 정말 뭐든지. 기적처럼 주어진 인생을 낭비하지 말기를. 네 엄마인 나도 하마터면 그날 시장에 할머니와 함께 있을 뻔했다. 사소한 것들이 조금만 틀어졌더라면 아마 최연소 원자폭탄 희생자가 되었을 거야. 내가 목숨을 잃었으면 너는 태어나지도 못했겠지. 하지만 너는 태어났고 지금 이렇게 우리가 있어. 이 사람들은 달에 가 있고. 그러니까 너는 승자의 편에 있는 거야. 네가 이기고 있는 거라고. 그걸 지키고 발전시키는 삶을 살 순 없을까? 치에는 엄마의 말 없는 요구에 말없이 대답했다. 네, 알았어요, 라고.

치에는 혼자 선실에서 멍하게 고개를 끄덕인다. 그러나 사실은 잘 모르겠다. 이 문제에 한해서는 엄마조차 도무지 이해할 수 없다. 모든 건 그저 상상과 예상일 뿐, 다 엉터리인지도 모른다.

궤도 6

'러시아 우주비행사 전용 칸'. 러시아 화장실 문에 이런 문구가 붙었다.

그러자 미국 화장실 문에도 문구가 생겼다. '미국인, 유럽인, 일본인 우주비행사 전용 칸'. **정치 분쟁 여파로 각자 국적 화장실을 사용합니다.**

국적 화장실이라는 발상을 선원들은 그런대로 재미있게 받아들였다. 국가 대표로 오줌 누러 간다, 숀은 이렇게 말한다. 또 로만은 이렇게 말한다. 얘들아, 가서 러시아를 위해 한번 싸고 올게.

앞으로 러시아 화장실을 사용하려면 돈을 내라는 러시아 우주국의 통보에 미국, 유럽, 일본 우주국도 지지 않고 반응했다. 그러시든가, 어차피 우리 화장실이 댁들 시설보다 낫거든요. 우리 쪽 자전거도 타지 마세요. 그러면 댁들도 우리 식량 보관실에 출입 금지입니다. 1년 넘게 이런 식이었다.

임무 통제실은 선내 카메라로 선원들이 이런 명령을 보란 듯 어기고 있다는 것을 지켜보면서도 달리 할 수 있는 게 없다. 그들은 우주비행사들이 고양이 같다고 결론짓는다. 겁을 모르고, 침착하며, 길들일 수 없다.

우리는 잠시 정착할 새도 없이 계속 여행해 왔다고, 선원들은 생각한다. 짐 가방을 이고 지고 다니면서 빌린 장소들, 호텔, 우주센터, 훈련 시설을 전전했고, 훈련 코스 하나를 마치고 다음 코스를 시작할 때까지 잠깐 머무는 도시들에서는 친구 집 소파에서 잠을 청했다. 패기를 시험한다며 동굴과 잠수함과 사막에서 살았다. 우리에게 단 하나 공통점이 있다면, 어디에도 속하지 않으면서 어디에서든 지낼 수 있다는 사실을 스스로 받아들였다는 점이다. 가상의 공간 같은 이곳 우주선까지 오기 위해서 말이다. 국가도 국경도 없는 이 최후의 전초 기지는 생명체의 한계를 밀어낸다. 화장실이 대체 뭔 상관인데? 상냥하게 무관심한 궤도에 묶인 우주선에서 외교 게임이 무슨 소용이야?

그리고 우리는? 우리는 하나다. 적어도 지금은 그렇

다. 이곳에서 우리는 모든 것을 재사용하고 공유한다. 우리는 갈라질 수 없다는 것. 이것이 진실이다. 그럴 수 없으므로 그러지 않을 것이다. 우리는 서로의 오줌을 재활용해 마신다. 서로가 뱉은 숨을 재활용해 숨 쉰다.

실험실에 들어가 가상현실 헤드셋을 쓰면 안내 음성이 친절하게 지시한다. 눈앞에 파란 사각형이 떠 있는 시간을 초로 세어 보세요. 이들은 8초라 짐작한다. 컴퓨터에 숫자를 기록한다. 36초. 20초. 3초. 29초. 감사합니다. 음성은 정말로 감사해하는 것 같다. 잘하셨습니다. 다음으로 넘어갈까요? 준비되었으면 시작 버튼을 누르세요.

  이제는 시키는 대로 주어진 시간 동안 파란 사각형을 눈앞에 띄워 놓아야 한다. 5초, 19초, 4초, 38초. 그다음은 반응을 측정하는 시간이다. 파란 사각형이 뜰 때마다 컴퓨터 스크린의 버튼을 얼마나 빠르게 누르는지 측정한다. 잘하셨습니다, 음성이 말한다. 다음으로 넘어갈까요? 준비되었으면 시작 버튼을 누르세요. 이날 들어 처음으로 오전 햇살에 윤이 흐르는 아메리카 대륙이 왼쪽에서부터 모습을 드러내고 이내 멀어져 간다.

1분을 다 세었으면 스크린을 누르세요.

90초를 다 세었으면 스크린을 누르세요.

1분, 90초, 시간을 세다 보면 도중에 길을 잃는 느낌이다. 너무 빨리 세는 것 같아 속도를 바꾸면 아니, 이번에는 너무 느리다. 그래서 42에서 45로 넘어가 버리고, 그러다 곧장 후회하며 50에서 머뭇거린다. 잘하셨습니다, 음성은 계속 말한다.

이들이 파란 사각형을 보고 있는 동안, 우주선은 적도를 지나고 근위병들이 교대한다. 이제 북반구가 나타나고, 달은 뒤집혔다. 왼쪽이 불룩했던 상현달은 이제 오른쪽이 불룩하다. 팬에서 크레이프를 한 번 뒤집은 것처럼. 별들이 성글어진다. 은하수 중심부를 향해 별이 빽빽하게 펼쳐진 남쪽 하늘과 달라서, 이제 이들이 볼 수 있는 별들은 아주 먼 은하수 외곽의 나선팔에 있는 것들이다. 수 광년 떨어져 있는 그곳에서 은하계는 흐릿해지고 뜸해지다가 이내 무에 자리를 내준다. 그리고 밤은 또 한 번 낮이 된다. 베네수엘라 지평선 위에 눈이 멀 것처럼 날카롭게 번쩍이는 첫 빛줄기는, 이들이 익히 아는 바대로 태양이다. 태양은 눈을 찌르다가 사라지고 또 눈을 찌르다가 다시 사라진다. 지구의 오른쪽 둥근 테두리가 번쩍이는 언월도偃月刀 모양이 된다. 은빛이 쏟아지고 별들은 사라지고 삽시간에 검은 바다에 동이 튼다.

잘하셨습니다, 음성은 말한다. 매번 다 틀리셨네요! 안타깝게도 당신은 파란 사각형이 15초 동안 떠 있었는데 10초라고 대답했습니다. 1분을 셀 때는 들쭉날쭉, 1분 30초였다가 어떤 때는 더 길어지기도 했습니다. 음성이 위로를 건넨다. 너무 오래 공중에 떠다니느라 체내 시계가 속도를 잃었다니 안타까운 일이군요. 아침에 일어났을 때 눈으로 확인하기 전까지 팔이 어디 있는지 알 수 없고 무게로 누르지 않으면 팔다리를 제자리에 둘 수 없다니 참 안타깝습니다. (두뇌는 패닉에 빠져 중얼댄다. 내가 팔을 어디에 놨더라? 어디 뒀지?) 당신의 팔다리가 우주 공간을 헤매며 시간 속에서마저 헤맨다는 게 참 안타까워요. 당신은 제어력을 잃고 있습니다. 옆을 스쳐 지나가는 펜치를 번개 같은 속도로 낚아채려 하지만 그 짧은 순간이 2초, 3초로 늘어나고, 그렇게 당신의 시간은 점점 더 굼떠지고 불어납니다. 당신은 예전처럼 날카롭지 못합니다. 손목에 차고 있는 오메가 스피드마스터 시계는 크로노그래프, 속도계, 동축 탈진기를 달고 있지만, 당신이 아침에 눈을 뜬 후로 지구를 일곱 바퀴째 돌고 있다는 사실은 알지 못합니다. 태양이 장난감 기계처럼 올라갔다가 내려가고 올라갔다가 내려간다는 것도 모릅니다. 그게 참 안타깝군요. 당신 세상이 뒤죽박죽 좌우가 뒤바뀌고 흐느적거린다는 게 참 안타까워요. 지금은 봄이지만 30분만 지나면 가을이 되고, 체내 시계는 판단력이 흐려졌고, 감각은 둔해졌고, 무지막지하게 빠르고 우월한 우주비행사 자아는 다소 흐트러지고 느긋해지고 해초나 바다 쓰레기처럼 흐물흐물해졌습니다. 다음으로 넘어갈까요? 준비되었으면 시작 버튼을 누르세요.

1초 1초가 녹아내리고 점점 의미를 잃는다. 시간은 무의미하게 구획 지어진 텅 빈 하얀 벌판 위 점으로 쪼그라들다가 경계 밖으로 부풀어 올라 형체를 잃는다. 이들은 질문을 받을 때마다 번개처럼 빠르게, 하지만 전혀 빠르지 않은 몸짓으로 커서에 달려든다. 오후 실안개에 가려진 유럽이 저 아래에서 움직이고 구름 무리가 해안 지대를 구분 짓는다. 영국 남서쪽 발가락이 북대서양을 힘없이 툭 건드리고, 영국 해협은 눈 깜짝할 사이에 사라진다. 브뤼셀, 암스테르담, 함부르크, 베를

린의 경계는 회녹색 펠트 땅 위에 보이지 않는 잉크로 그려져 있다. 덴마크는 노르웨이와 스웨덴을 향해 돌고래처럼 도약하고, 발트해와 발트해 연안 국가들이 순식간에 러시아로 넘어간다. 그렇게 유럽이 나타났다가 사라졌다. 당신 참 안쓰럽네요, 음성은 여전히 따스하게 말을 건넨다. 모든 시간대에 존재하지만 그 어디에도 존재하지 않는다는 게요. 이 거대한 금속 앨버트로스를 타고 경도를 넘나들면서 두뇌가 할 수 있는 것 이상의 일을 요구받는다니요. 이 모든 게 이렇게 빠르게 지나간다니 참 안타까운 일입니다. 대륙 하나가 다른 대륙에 자리를 내주며 사라지고, 이토록 사랑스러운 지구는 절대 당신 손에 잡히지 않는군요. 당신의 인생 여정은 눈 깜빡할 사이에 지나갈 겁니다. 두뇌가 노화해 느려지면 모든 게 빨리 지나가는 것처럼 보이듯 말입니다. 참 안타깝게도 당신은 순식간에 열 차폐막과 낙하산을 탑재한 착륙 캡슐을 타고 돌아가게 될 겁니다. 화염에 싸여 대기를 뚫고 플라스마 흔적을 그리며 내려가, 별일이 없다면 두 눈에 다 담기지도 않을 만큼 광활한 평원에 착륙하게 되고, 흐물흐물한 다리를 가누지 못하며 캡슐에서 꺼내진 뒤 언어의 기능을 잃은 단음절을 헐떡

대며 내뱉을 겁니다.

바야흐로 대륙 끝자락에서 빛이 시들해진다. 납작한 바다는 태양 빛을 반사해 구리색을 띠고, 그 위에 길게 구름 그림자가 드리워진다. 아시아가 왔다가 지나간다. 오스트레일리아는 이제 백금으로 변한 빛의 마지막 숨결과 닿아 어둡고 특색 없는 형체를 드러낸다. 모든 게 어둑해진다. 불과 얼마 전 여명이 열어젖힌 지구 지평선이 지워진다. 어둠이 지평선의 선명함을 집어삼켜 꼭 지구가 녹아내리는 것 같다. 지구는 물에 씻겨 지워지는 수채화처럼 보랏빛으로 변해 가며 부예진다.

궤도 7

궤도는 북쪽을 쫓는다. 그 아래 명암 경계선이 돌진하며 아침을 끌고 오면 우주선은 중앙아메리카에 가까워진다. 일곱 번째 태양이 빠르게 완전히 떠올랐을 때 빛은 지구보다 이들이 있는 곳에 먼저 도달하고, 우주선은 타오르는 금속체가 된다.

우주유영을 하고 나면 창밖 우주를 보는 느낌이 어쩐지 달라지는 것 같다고, 넬은 생각한다. 함께 뛰놀았던 동물을 창살 사이에 두고 만나는 기분이랄까. 우주는 당신을 집어삼킬 수도 있는 동물이지만, 옆구리가 떨릴 만큼 약동하는 낯선 야생의 세계로 당신을 들여보내 줬다.

지난주 우주유영을 나갔을 때 넬은 처음에 추락할 것 같은 기분을 느꼈다. 잠깐이었으나 끔찍했다. 문이 열리고 에어록에서 나와 버둥대다 가만히 멈췄을 때, 우주에서 당신이 볼 수 있는 사물은 우주정거장과 지구, 둘뿐이다. 아래를 내려다보지 말라고 했다. 적응할 때까지 머릿속 생각과 임무에만 집중할 것. 하지만 넬은 아래를 내려다봤다. 어떻게 안 볼 수 있겠어? 발아래서 지구가 빠르게 구르고 있었다. 놀랍도록 적나라한 지구. 여기서 보는 지구는 단단한 고체 같지 않다. 표면은 흐르고 있고 반질반질하다. 넬은 자기 손을 본다. 장갑을 끼고 있어서 커다랗고 새하얗다. 앞에는 동료 우주비행사 피에트로가 시꺼먼 암흑을 헤치며 미끄러지듯 나아가고 있다. 둘이 설치하기로 한 분광계도 그 옆에 떠 있다. 지금 피에트로는 꿈꾼 적 없는 자유를 얻고 풀려난 한 마리 새 같다.

밧줄을 확인하고, 난간에 의지해 선체를 돈다. 우주복에 부착된 배터리, 안테나, 유닛, 교체 패널, 무엇이 되었든 밖으로 가지고 나온 장비는 반드시 보호해야 한다. 밧줄에 엉키지 않도록 조심해야 하는데, 우주복을 입고 움직이기란 원체 힘들다. 무거운 우주복 때문에 무게 중심이 흔들려 방향을 잡기가 쉽지 않기 때문이다. 수중 훈련을 생각해 본다. 훈련 풀장의 잠잠한 물은 몸을 가만히 잡아 주지만, 우주는 다르다. 우주는 (악의는 없으나 그저 공허한 무심함으로) 당신을 기울어뜨리고 뒤집고 망치려 하는 흉포함과 욕망을 품고 있다. 그럴 때는 맞서는 게 아니라 순응해야 한다는 사실을 기억한다. 그런 점에서 이건 서핑을 닮기도 했다. 그러다가도 지구와 바다가 한낱 꿈이나 신기루가 아님을 확인하려는 듯 발밑을 제대로 내려다보면, 역시나 지구가 계속 돌고 있다. 파랗고 구름이 휙휙 지나가고 당신이 탐색 중인 우주선 밖 트러스와 비교하면 비현실적으로 부드러운 모습이다. 이제는 무서움이 사라지고, 장대한 광경이 감각들을 흩뜨린다. 흔들리는 밧줄, 대롱대롱 매달린 발, 우주복에 쓸리는 팔꿈치 통증을 느끼며 밧줄에 의존해 트러스를 기어오른다. 왼쪽 저 멀리서 통신위성 한 대가 궤도를 돌고 있다.

넬은 한참이나 밖에 있었다. 거의 일곱 시간째라고 들었다. 시간의 흐름은 전혀 느껴지지 않는다. 뭔가를 설치하거나 보수하라고 임무가 내려오면 그걸 설치하거나 보수한다. 몇몇 출입구와 외부 장비를 촬영하고, 우주에 버려졌거나 폭발한 인공위성, 중간 발사체와 우주선의 잔해 수만 조각 중 일부를 수거한다. 인류는 어디를 가든지 파괴의 흔적을 남긴다. 어쩌면 그게 모든 생명의 본성인지도 모른다. 서서히 황혼이 다가오고, 지구는 멍든 것처럼 하늘색, 보라색, 초록색으로 물든다. 이제 선바이저를 올리고 조명을 켠다. 어둠 속에서 별들이 나타나고 그 사이로 아시아가 지나간다. 주변에 고인 조명에 싸여 일하다가 보면, 뒤쪽에서부터 또다시 태양이 떠오르고 어딘지 알 수 없는 바다가 반짝이기 시작한다. 시야에 들어오는 눈밭 땅덩어리에 푸른 빛이 쏟아진다. 어둠 속 지구의 가장자리는 연보랏빛으로 밝게 빛나며 고통스럽게 사무치는 환희를 일으킨다. 아래로 아마도 고비 사막이 펼쳐지는 동안 지상 근무원들이 달래듯 지시를 내리고, 파트너는 우주복 팔에 고정해 둔 설명서를 훑어보고, 당신은 선바이저 너머 그의 얼굴을 본다. 지금 당신이 있는 거대한 익명의 풍경 속 평온한 인간의 둥근 얼굴을. 한편 태양 전지판들은 황혼이 다시 찾아올 때까지 태양 빛을 흡수한다. 뒤쪽에서 시작된 일몰에 당신의 파트너가 어둑해지고, 지구 밑에서부터 슬그머니 올라온 밤이 이내 지구를 뒤덮는다.

  넬은 아주 어렸을 때 그리고 10대가 되어서도 하늘을 나는 꿈을 꿨다. 다른 우주비행사들도 마찬가지였다. 토막 꿈에서는 갑자기 솟아올랐고, 길고 노곤한 꿈에서는 공중을 날아다녔다. 어느 쪽이든 속박에서 벗어나 자유로웠다. 과거에, 아니 요즘도 이들이 꿈에서 하는 비행은 우주에서 움직이는 모습을 가장 많이 닮았다. 이런 꿈들은 하나같이 무중력의 편안함, 그 기적 같은 감각을 공유한다. 무겁고 날개도 없는 몸으로 자유롭고 부드럽게 날아다니기란 원래 불가능하기 때문이다. 그런데 지금 이들은 마침내 날기 위해 태어난 사람처럼 날고 있다. 믿기 힘든 일이다. 하지만 다른 일이라고 믿기 쉬운 것은 아니다. 모든 빛을 흡수해 불 밝은 지구를 제외하면 온 우주가 새까만 암흑이라는 사실은 쉬이 믿기지 않는다. 하지만 살아 숨 쉬며 신호를 보내는 그 암흑 말고는 믿을 수 있는 게 없다. 넬은 한때 공허함을 두려워했으나 막상 그 안에 들어갔을 때 설명할 수 없는 위로를 받았다. 거기서 그녀가 느낀 갈망은—갈망이란 것을 느꼈다면—공허함 속을 떠돌며 밧줄을 수천 마일 멀리까지 풀어내고 싶다는 것이었다.

당신은 권총처럼 생긴 연장과 토크 증폭기, 단단히 끼었는데 중력이 없어 제거할 수 없는 볼트 때문에 낑낑대다가 장치에 묶여 떠 있는 몸 아래를 내려다본다.

250마일 아래 반드르르한 지구도 마치 환영처럼 떠 있다. 빛으로 만들어져서 가운데로 쑥 지나갈 수 있을 것도 같다. 그 모습은 **초자연적**이라는 말로만 표현할 수 있는 듯하다. 현실이라고는 믿기 힘들다. 지금까지 알았던 것은 모두 잊는다. 거대한 우주정거장을 뒤돌아보는 지금은 지구보다 그곳이 더 집처럼 느껴진다. 선내에는 네 명이 더 있다. 하지만 바깥에서는 모두 잊는다. 지구 대기권과 상상으로 그려 보는 머나먼 태양계 너머 공간 사이 우주에서, 넬과 피에트로의 심장만이 뛰고 있다. 두 심장 박동이 그 공간을 평화로이 질주한다. 같은 장소에는 절대 다시 머물지도 되돌아오지도 않는다.

이후 여섯 명은 우주유영 이야기를 나누면서 그 경험을 데자뷔로 표현했다. 이들은 자신들이 그곳에 있었음을 **알았다**. 로만은 아마 자궁에 있을 때 잠재된 기억 같다고 했다. 자신은 우주에서 떠다닐 때 그런 느낌을 받는다고 했다. 아직 태어나기 전의 느낌을.

아침을 맞이하는 쿠바는 핑크빛이다.

태양이 바다 위 사방으로 반사된다. 카리브해의 얕은 청록빛 바다, 사르가소해를 불러내는 수평선.

넬은 우주 공간과 자기 사이에 유리창도 금속체도 없다는 사실을 생각한다. 태양의 열기를 물리쳐 줄 냉각수를 채운 우주복만 입은 채로, 밖에 나와 있다. 우주복과 밧줄 그리고 그녀의 가녀린 생명이 전부다.

넬의 발이 대륙 위에 동동 떠 있다. 왼발이 프랑스를, 오른발이 독일을 가린다. 장갑을 낀 손은 중국 서부를 덮는다.

처음에 이들은 밤 풍경에 매료되었다. 화려한 도시 불빛을 외피에 두른 지구는 인간이 만든 것들로 황홀하게 빛난다. 도시 태피스트리가 두껍게 수놓인 밤의 지구는 또렷하고 선명하며 의미심장하게 다가온다. 유럽 해안 지대에는 1마일이 멀다 하고 사람이 산다. 유럽 대륙 전체가 도시 별자리들과 황금빛 도로 실들로 아주 정교하게 엮여 윤곽을 드러낸다. 황금 실들은 눈이 내려 거의 언제나 회청색으로 보이는 알프스산맥까지 누빈다.

밤이 되면 고향을 가리킬 수 있다. 저기 시애틀, 오사카, 런던, 볼로냐, 상트페테르부르크, 모스크바가 있다. 모스크바는 베일 듯 청명한 하늘의 북극성처럼 크게 빛난다. 밤에 드러나는 전기의 과잉은 숨을 멎게 한다. 퍼지는 생명. 이곳에 무언가가, 누군가가 있음을 심연 앞에서 선언하는 지구. 그런데도 다정하고 평화롭다는 감각이 우세한 것은 밤이 되어도 인간이 만든 국경은 전 세계에 딱 하나만 드러나기 때문이다. 파키스탄과 인도 사이에 길게 쭉 뻗은 빛의 자취. 문명의 분열을 보여 주는 것은 그뿐이다. 하지만 낮이 되면 그마저도 사라진다.

이윽고 상황이 달라진다. 일주일 정도 도시를 보며 경탄하던 것도 잠시, 이제는 감각이 넓어지고 깊어져 이들은 낮의 지구를 사랑하게 된다. 인간이 없는 땅과 바다의 단순함. 마치 한 마리 짐승이 되어 숨 쉬는 듯한 지구. 무심한 우주 속 지구의 무심한 회전, 모든 언어를 초월하는 구체의 완벽함. 태평양의 블랙홀이 황금 밭으로, 그 밑에 점점이 흩어진 프랑스령 폴리네시아로 바뀐다. 세포 샘플을 닮은 섬들, 오팔색 마름모꼴의 환상 산호도環狀 珊瑚島. 다음으로 길쭉하고 가느다란 중앙아메리카를 떨구고 나면 이제 바하마와 플로리다, 그리고 카리브판 위 활화산들의 둥근 궤적이 눈에 들어온다. 황토색으로 드넓게 펼쳐진 우즈베키스탄, 눈으로 뒤덮인 산들이 아름다운 키르기스스탄. 깨끗하고 찬란하며 형용할 수 없이 푸르른 인도양. 희미하게 합쳐지고 갈라지는 강바닥의 선들로 추적해 갈 수 있는 살구색 타클라마칸 사막. 이들이 은하계에서 다지고 있는 사선의 길은 잡히지 않는 공허 속 유혹이다.

그러다 엇갈리고 틈이 벌어지기 시작한다. 이들은 훈련 때 불일치하는 감각을 조심하라는 경고를 들었다. 이음매 없는 지구를 계속 보다 보면 벌어지는 일을 경계해야 한다고 들었다. 충만한 지구를, 땅과 바다 사이 말고는 어떤 경계도 없는 모습을 보게 될 것이라고 했다. 국가들은 지워지고, 쪼개질 수 없으며 전쟁은커녕 그 어떤 분리도 모르는 세계가 돌아가는 모습을 보게 될 것이라고. 그러면 한꺼번에 두 방향으로 당겨지는 느낌을 받을 것이다. 기쁨과 불안, 황홀과 우울, 애정과 분노, 희망과 절망을 느낀다. 전쟁이 끊이질 않고 사람들이 국경을 지키느라 죽이고 죽어 나간다는 것을 당신은 잘 알고 있기 때문이다. 그런데 이곳에서는 저 멀리 작게 주름진 땅을 보고 산맥임을 알고, 웬 줄기를 보고 큰 강이 있음을 가늠할 수 있지만, 그게 끝이다. 장벽이나 장애물은 없다. 부족도 전쟁도 부패도, 뭔가를 두려워할 이유도 없다.

얼마 지나지 않아 모두에게 욕망이 싹튼다. 이토록 거대하면서 작디작은 지구를 지켜야 한다는 욕망, 아니 (열정이 추동하는) 요구. 이렇게나 기적 같으면서 별나게 사랑스러운 존재라니. 대안이 마땅치 않으므로 지구는 의심할 여지없는 집이다. 무한한 공간, 충격적일 만큼 환히 빛나며 우주에 떠 있는 보석. 인간들이 서로 평화롭게 지낼 순 없는 걸까? 지구와도 잘 지내면 안 되나? 이건 그랬으면 하는 바람이 아니라 다급한 요구다. 우리 삶이 달린 유일한 세상을 탄압하고 파괴하고 약탈하고 낭비하는 짓을 멈출 순 없을까? 그러나 이들도 뉴스를 보고, 이미 세상을 살아 봤다. 희망을 품는다고 순진해지진 않는다. 그러면 뭘 하지? 어떤 실천을 해야 하지? 말해 봤자 소용 있을까? 이들은 신의 관점에서 바라보는 자들이다. 그건 축복인 동시에 저주다.

모든 걸 따져 보자면 차라리 뉴스를 멀리하는 게 속 편해 보인다. 누군가는 뉴스를 읽고 누군가는 읽지 않지만, 속 편한 쪽은 후자다. 이들이 보는 지구는 뉴스에 이러쿵저러쿵 등장하는 시시한 정치 촌극에 어울리는 공간 같지 않고, 그런 흔적을 찾아보기도 힘들다. 그 촌극을 위엄 있고 점잖은 무대에 올린다는 건 모욕처럼 느껴진다. 또는 굳이 신경 쓰지 않아도 될 만큼 하찮아 보인다. 이들은 뉴스를 듣는 순간 곧장 피로해지거나 참을성을 잃을 것이다. 너무 단순하고 또 너무 복잡한 언어로 장황히 말해지는 비난, 불안, 분노, 비방, 추문. 요즘 이들이 아침마다 눈을 뜨면 보는, 우주 속 지구에서 나오는 듯한 하나의 선명하고 낭랑한 소리와 비교하면 그런 이야기들은 이해하기 힘든 방언 같다. 지구는 한 바퀴 돌 때마다 그런 것들을 훌훌 털어 낸다. 이들이 라디오를 듣는 경우가 있다면 그건 주로 음악을 감상하거나, 차라리 순수하고 아예 중립적인 무언가를 찾아 들을 때다. 코미디나 스포츠 같은 것, 노는 느낌을 주고 중요하면서 중요하지 않은 듯한 감각을 주는 것. 왔다가 흔적 없이 가 버리는 것. 하지만 그마저도 점점 드문드문 듣는다.

그러다 어느 날 변화가 찾아온다. 이들은 지구를 보다가 진실을 마주한다. 정치가 정말로 촌극인 게 아닌가. 정치는 그저 터무니없고 어리석고 가끔은 정신 나간 쇼일 뿐이며, 그걸 제공하는 인물들은 어느 구석이라도 혁명적이거나 혜안이 깊거나 현명한 관점을 가지고 있어서가 아니라 남들보다 목소리가 크고 힘이 세고 과시에 능하고 뻔뻔하게 권력 싸움을 갈망했기에 그 자리까지 오른 자들 아닌가. 이야기가 이렇게 시작해 여기서 끝났다면 그나마 다행이다. 이들은 정치가 촌극이 아님을, 촌극에만 그치지 않음을 서서히 깨닫는다. 정치는 아주 거대한 힘이어서, 우주에서 봤을 때는 인간의 힘이 전혀 개입되어 있지 않다고 생각했던 지상의 모든 것을 일일이 다 결정지었다.

오염되고 온난화되고 남획되는 대서양에서 아찔한 네온색 또는 붉은색 조류藻類가 대발생하는 현상은 대부분 정치와 인간의 선택으로 만들어졌다. 줄어들고 있거나 이미 줄었거나 쪼개지고 있는 빙하, 이제껏 녹은 적 없던 눈이 녹아내려 화강암 맨살이 갓 드러난 산등성이, 그을리고 불타는 숲과 관목지, 면적이 감소하는 대륙 빙하, 기름 유출로 시작된 화재, 처리되지 않은 하수를 먹고 사는 부레옥잠의 침입을 알리듯 변색된 멕시코 저수지, 비정상적으로 물이 불어난 수단, 파키스탄, 방글라데시, 노스다코타주의 강, 물이 말라붙어 계속 분홍색으로 보이는 호수들, 한때 열대 우림이었던 그란차코로 침투하는 소 목장, 소금물에서 리튬을 채굴하는 증발못이 늘어나면서 나날이 퍼지고 있는 푸른 기하학

무늬들, **클루아조네** 기법으로 세공된 분홍빛의 튀니지 소금 평원, 더 많은 사람이 거주할 수 있게 공을 들여 조금씩 바다를 뭍으로 덮느라 달라진 해안선, 혹은 땅이 필요한 사람이 점점 많아지는데도 나 몰라라 조금씩 뭍을 집어삼킨 바다 때문에 달라진 해안선, 뭄바이에서 사라지고 있는 맹그로브 숲, 스페인 남단 전체에서 태양 빛을 받아 반짝이는 수백 에이커의 비닐하우스들도 마찬가지다.

이들이 있는 자리에서 정치의 영향력은 너무나 자명하게 보인다. 애초에 어떻게 놓쳤는지 의아할 정도다. 시야 구석구석에 빠지지 않고 그 힘이 드러난다. 중력이 지구를 구체로 빚어내고 조수를 밀고 당기며 해안선을 만들었듯 정치도 사방에 자기 흔적을 조각하고 형성해서 남겨 놓았다.

이들은 비로소 욕망의 정치를 목격한다. 성장하고 획득하는 정치, 더 많은 것을 얻기 위한 10억 가지의 외삽적 추론, 지구를 내려다보면 그게 보이기 시작한다. 실은 굳이 내려다볼 필요도 없다. 로켓 부스터가 발사될 때 자동차 100만 대 연료를 한꺼번에 태웠다는 점에서 이들은 누구보다도 그 외삽의 일부이기 때문이다.

인간의 욕망이라는 실로 놀라운 힘이 지구를 형성한다. 그 힘이 모든 걸 바꿨다. 숲, 극지방, 저수지, 빙하, 강, 바다, 산, 해안선, 하늘을. 욕망에 따라 윤곽이 그려지고 조경된 행성을.

궤도 8, 상행

봐야 하는 위치를 콕 집어서 커다란 줌 렌즈로 당길 수 있다면 애리조나에 달처럼 보이도록 폭탄을 터트려 인공 분화구를 만들어 놓은 사막을 볼 수 있다. 1960년대에 암스트롱과 올드린이 바로 이곳에서 달 착륙 훈련을 했다. 이제 그 구멍들은 침식되고 있다.

소가죽처럼 말라비틀어진 미국 남서부 광대한 땅에 뉴멕시코, 텍사스, 캔자스, 경계 없는 주들 그리고 보이지 않는 도시들이 있다. 구름은 바람에 쓸려 뒤틀리고 길쭉하게 찢어져 떠다닌다. 간간이 번쩍이는 섬광은 비행기 선체에 반사되는 태양 빛을 암시하지만, 비행기는 보이지 않는다. 오직 섬광으로만 존재한다. 이 거대한 가죽 같은 땅에는 의미를 알 수 없는 자국들, 표면에 움푹 파인 곳들이 여기저기 눈에 띄는데, 그건 강물이다. 물론 흐르진 않는다. 그저 건조하고 정적이며 우발적이고 추상적으로 보인다. 바닥에 떨어진 긴 머리카락처럼.

둥근 지구 표면 위로 이끼가 낀 듯 푸르고 덜 건조한 땅이 빠르게 가까워진다. 그리고 나타나는 것은 검은색만큼 짙은 푸른 손가락. 미시간호, 슈피리어호, 휴런호, 온타리오호, 이리호. 호수 중심부는 오후 태양을 받아 두드려 펴낸 강철처럼 빛난다.

과거가 온다. 미래가, 과거가, 또 미래가. 지금은 언제나 현재이지만 단 한 순간도 현재가 아니다.

고리 모양으로 도는 우주선은 이제 오후 5시다. 그 아래 지구에서 막 모습을 드러낸 토론토는 아직 한낮이다. 지구 반대편은 벌써 다음 날이 되었다. 40분이 지나면 우주선에도 그 세상이 온다.

내일의 그곳에서 태풍은 시속 180마일의 강풍을 일으켜 마리아나 제도를 휩쓴다. 온난해진 바닷물이 팽창하면서 섬 앞바다 해수면은 이미 상승했다. 이제 바람이 바닷물을 서쪽 끄트머리 만灣까지 몰고 가면, 파도는 더욱 거세지고 5미터 높이의 폭풍 해일이 티니안섬과 사이판섬을 휩싼다. 섬들에 집속탄이 떨어지기라도 한 것처럼 창문이 날아가고 벽이 찌그러지고 가구가 날아가고 나무가 쪼개진다.

태풍이 이렇게 급속도로 커질 줄은 누구도 예상하지 못했다. 바다 한복판에서 시속 70마일 정도로 소란을 피우던 태풍이 스물네 시간 만에 육지를 습격하는 괴력으로 발전했다. 기상학자들은 태풍 사진을 보고 예상 강도를 5등급으로 올린다. 누군가는 태풍이라고 하지만 다른 누군가는 초대형 태풍을 예상한다. 그러나 할 수 있는 것은 없다. 머지않아 태풍이 필리핀에 상륙하리라고 예측할 따름이다. 그 시간은 현지 기준으로 오전 10시, 이곳에서는 새벽 2시일 것이다.

이 모든 건 아직 도착하지 않은 미래에 지구 반대편에서 일어나는 일이다. 선원들은 남은 임무를 계속한다. 안톤은 늦은 오후의 잠을 떨쳐 내려고 에너지바를 먹는다. 손은 연기 탐지기에 달린 브래킷의 볼트 네 개를 교체하려고 푸는 중이다. 치에는 박테리아 필터를 점검한다. 우주선의 경로는 이제 위로 올라가 아메리카 대륙을 지나서 빠져나간다. 대서양은 태곳적 바다, 땅에서 캐낸 브로치처럼 잔잔한 은회색이다. 이 반구에

평온함이 퍼진다. 그리고 어떤 의식도 없이 이들은 또 한 번 외로운 지구를 한 바퀴 돌았다. 이들은 아일랜드 해안에서 300마일쯤 떨어진 상공에 떠 있다.

넬은 실험실을 지나다가 창밖 수평선 너머 나타나려고 하는 유럽을 얼핏 본다. 왠지 형용할 수 없는 기분을 느낀다. 저 우아하고 찬란한 구체에 넬이 사랑하는 사람들이 살고 있다는 사실에 말을 잃는다. 마치 그들이 왕이나 왕비가 거처하는 궁전에 살고 있었음을 막 깨달은 사람처럼. 사람들이 저곳에 **살고** 있음을, 그녀는 생각한다. **나도** 저기 산다. 그게 지금은 영 현실로 와닿지 않는다.

우주비행사 로만, 넬, 손은 2인용 텐트만 한 모듈에 몸을 구겨 넣고 3개월 전 이곳으로 왔다. 정거장에 도킹시킨 캡슐의 탐침이 홈과 완벽히 합체했다. 소프트 캡처 도킹. 꽃 안으로 들어간 꿀벌이다. 우주선의 고리 여덟 개가 모듈을 고정했다. 하드 캡처 도킹 확인, 그리고 완료. 모듈 내부가 멈추고 잠시 정적이 흐른다. 로만, 넬, 손은 서로 돌아보며 무중력이 뭔지 아직 감을 잡지 못한 손을 휘둘러 하이파이브를 한다. 로만은 아들이 준 펠트 달을 가만히 어루만진다. 떠날 때 자기들 앞에 마스코트 삼아 걸어 뒀던 달이 이제 까딱까딱하며 떠 있다. 광대한 우주 속에서는 이런 마스코트조차 더없이 위엄이 넘친다. 모든 게 잠재력을 품고 있는 곳. 쉽사리 말이 나오지 않는다.

고요함이 더해지고, 다시 찾아오고, 선원들 마음속에 피어난다. 신나게 여섯 시간을 날아왔는데, 이제 끝이다. 그냥 정박해 있다. 여섯 시간 전만 해도 육지에 있었다니? 다리를 뻗으며 나와 궤도 모듈에서 굽은 등을 쭉 편다.

이들은 혹시 모를 누출을 꼼꼼히 점검하고 양쪽 선내 기압이 같아질 때까지 두어 시간을 더 기다렸다. 출입구 건너편에는 3개월 전에 도착한 안톤, 피에트로, 치에가 있었다. 출입구를 두드리니 저쪽에서도 몇 번의 노크가 돌아왔다. 이제 여기까지 왔다. 앞으로 몇 달간 자신들의 집이 될 우주선 안까지 고작 18인치 정도 남겨 뒀다. 그동안 그토록 바라 왔던 모든 게 18인치 너머에 있다. 그러나 아직은 하염없이 기다려야 했다. 어찌 보면 성경 말씀에 나올 법한, 삶과 내세 사이에 멈춰 있는 기다림의 공간에서. 어떤 면에서 이 두 시간 동안은 자신이 인식할 수 있는 방식으론 존재하지 않는 셈이다. 지금까지 무슨 경험을 했든 지구 표면에서 이렇게 멀리 떨어져 한 것은 아니었다. 앞으로 무엇을 경험하게 될지는 알 수 없다. 또 이제껏 경험 못 한 피로를 느낀다. 미세중력과 낯설게 들리는 콧소리가 쉽사리 믿어지지 않는다.

  세 사람은 기압계가 기압이 맞춰졌음을 보여 주길 끈기 있게 기다렸다. 숫자가 746, 747이 되어야 출입구를 열 수 있다. 로만은 기압계에서 눈을 뗄 수 없었다. 그러다 마침내 손잡이를 잡고 천천히 돌렸다. 문을 밀어내자 건너편 선원들이 끌어당겼고, 이내 목소리가 들려왔다. **됐다, 다 됐어, 이제 열린다.** 문을 열자 극심한 피로가 넘실거리지만, 한편으로는 울렁대는 희열이 그를 감싸고, 모두를 에워싼다. 조심스러운 웃음소리와 함께 얼굴들이 나타난다. 내 친구 피에트로, **모이드 루크** 치에, 내 형제 안톤. 모듈 내부는 비행 시뮬레이션을 하며 오래전부터 익혀 온 공간이었다. 넘어질 듯 와르르 문을 넘는다. 작은 공간에 갑자기 여섯 명이 있게 되었다. 깜짝 놀란 여섯 생명체가 여기 모였다. 요란스럽게 악수하고, 꼭 껴안고, 인사하고 반기고, **맙소사, 이게 진짜인가, 우리가 해냈어, 너희가 해냈어, 도브로 포잘로바티, 환영해, 잘 왔어, 잘 돌아왔어**, 같은 말이 오간다. 그리고 휘파람. 안톤은 손님을 접대하는 러시아 전통에 따라 빵과 소금을 내왔다. 정확히는 크래커와 소금 큐브다. 그걸 모두가 함께 나눠 먹었다.

이런 순간이 지나고, 어느새 이들은 헤드셋과 마이크를 차고 가족이 환히 웃고 있는 스크린 앞에 있다. 그러나 지금 당신이 보는 것은 가족도 뒤편의 거실도 아니다. 또 다른 생에서 알았던 무언가의 기억이 어렴풋하게 찾아온다. 더듬더듬 찾아낸 몇 단어들은 입 밖으로 꺼내자마자 기억에서 지워졌다. 머릿속은 제 것이 아닌 듯 어수선했고, 피로에 젖어 눈이 흐려졌으며, 팔다리는 자꾸만 기울었다. 이곳에 두 번을 먼저 와 본 로만도 마찬가지다. 적응을 좀 해야 한다. 몸을 얻어맞은 것만 같다. 말문이 막히는 지구 풍경을 처음 내다본다. 전기석 덩어리 같은, 아니 속이 노란 멜론이고 눈동자이고 라일락 오렌지 아몬드 연보라 하양 빨강이 뭉크러진 표면에 니스를 칠한 듯한 장관이 펼쳐진다.

그날 밤 로만은 달뜬 꿈속에서 펠트 달이 빙빙 도는

것을 봤다. 도움이 필요한, 또는 위험에 처한 아들도 봤다. 고통이 손도끼 휘두르듯 이마를 강타했다. 로만은 자신이 속을 게워 내는 소리에 사람들이 깰까 봐 걱정했다. 미국 선실에서 숀도 같은 걱정을 했다.

아침에는 모든 게, 그야말로 모든 게 새로웠다. 입을 옷은 팩에 개켜져 있었고 칫솔과 수건은 셀로판으로 싸여 있었다. 빳빳한 운동화는 핏기 없이 허연 발을 넉넉히 감쌌다. 발에 있던 피가 얼굴로 쏠려 이들은 줄곧 멍하고 놀란 표정이다. 지구 바깥의 세계는 그날 만들어진 것이었으나 동시에 가장 오래된 세계였다. 이들의 마음은 이제 갓 생겨났다. 우주 멀미는 숙청된 듯 깔끔히 사라졌다. 로만은 우주에 처음 온 넬과 숀에게 움직이는 기술을 전수했다. 뜰 수 있고 날 수도 있다, 인간의 몸이 아닌 거지! 어지럽기는 하겠지만 공중에서 헤엄칠 수도 있다. 그냥 이 주문만 외우면 된다. 느린 것이 부드럽고 부드러운 것이 빠르다. 느린 것이 부드럽고 부드러운 것이 빠르다. 날마다 삶의 밧줄이 하나하나 끊어졌고, 이제 이들은 모든 것을 새롭게 발명한다. 다 그런 거라고, 피에트로가 건넨 말에 로만은 동의했다. 다 그런 거다.

여기서 몇 주가 지나면 더 창백해지고 가늘어진다.

인간이 아주 오랫동안 우주에 있다 보면 결국 양서류 같아지지 않을까, 피에트로는 생각해 본다. 피에트로는 우주에 거의 여섯 달을 있었고 석 달을 더 있어야 한다. 그는 자신이 올챙이가 되어 가는 중이라고 생각한다. 머리만 볼록 있고 몸은 사라진다. 육체의 삶이 위축되니 그를 자극하는 건 많지 않다. 배가 고파서 먹기는 하지만 부비강이 꽉 막혀서 맛을 느낄 수 없다. 어차피 진짜 식욕이 딱히 동하는 것도 아니다. 자야 하니 자지만 대부분은 선잠이다. 지구에서처럼 곤히 잠들거나 개운하게 자는 일은 없다. 몸속의 모든 게 동물로서 살아가려는 의지가 부족한 듯하다. 마치 시스템이 냉각되고 꼭 필요하지 않은 부위를 효율적으로 정지시킨 것 같다. 이렇게 느려지고 차가워지면 생각의 소리가 또렷해져 머릿속에서 한 번에 하나씩 머나먼 종소리처럼 울린다. 궤도에서 삶에 대한 감각은 단순해지고 유순해지며 너그러워진다. 생각이 달라져서가 아니라 생각이 줄어들고 그만큼 선명해지는 까닭이다. 평소처럼 쇄도하지 않는다. 생각은 그를 찾아와 필요한 만큼만 흥미를 돋운 뒤 떠나 버린다.

한 달쯤 되었을 때 피에트로는 며칠 밤마다 미칠 듯

괴로워하며 아내를 그리워했다. 깡마른 몸, 태닝 자국, 까만 겨드랑이털, 갈비뼈, 붙들린 손목, 한낮의 열기로 가슴에 맺힌 땀방울. 이런 생각들로 그는 잠시 격해졌고 그리움에 취해 정신을 못 차렸다. 그리고 다음 주에 넬과 우주유영을 다녀왔는데 그다음 날 밤, 그녀가, 그러니까 넬이, 낯선 지구 어딘가를 배경으로 한 꿈에 나왔다. 암흑처럼 깜깜한 방 안이었는데 비좁은 듯했고 그의 짐작으로는 나무로 된 벽이 둘려 있었다. 넬의 목소리가 먼 곳에서 들려왔다. 하지만 그녀의 몸은 그와 밀착해 있었다. 뜻밖에도 그녀를 발견했을 때 그는 온몸이 짜릿했다. 보이지 않는 곳에서 파티가 열리는 중이었다. 음악 소리로 짐작할 수 있었으나 정확히 어디인지는 알 수 없었다. 그는 그녀를 안고 목에 입을 맞췄고 감탄하며 몇 번이나 그녀 이름을 되뇌었다. 기억나는 건 이게 전부다. 다음 날 아침을 먹을 때 피에트로는 너무 민망해 차마 넬을 쳐다보지 못했다.

꿈은 더 반복되지 않았다. 그와 함께 그의 몸에 남았던 마지막 성욕의 흔적도 잠잠해졌다. 마치 다 부질없다는 것을 몸이 이해한 것처럼. 스위치가 꺼졌고, 그렇게 모든 게 텅 비어 고요해졌다.

궤도 8, 하행

프리다이빙을 했을 때 넬은 생각했었다. 우주비행사가 이런 기분일까. 그리고 우주에 와 있는 지금은 가끔 눈을 감고 생각한다. 꼭 잠수하는 것 같네. 물속에 있는 것처럼 잔잔히 이끌리며 공중에서 천천히 몸을 움직인다. 우주선의 미로를 돌아다닐 때는 난파선 주위를 도는 기분이다. 비좁은 공간, 문들을 열면 좁은 튜브가 나오는데 거의 똑같은 패턴으로 여기저기 이어져 나중에는 자신이 어디서 출발했는지, 바깥을 내다봤을 때 지구는 어디쯤일지 알기 어려워진다. 바깥을 내다보면 폐소 공포증은 곧장 광장 공포증이 된다. 혹은 둘 다 느낀다.

넬은 화물 자루를 이곳에서 저곳으로 옮긴다. 불이 붙을 수 있고 지구로 가져가서는 안 되는 것들은 짐칸으로 들어간다. 음식물 쓰레기와 일반 쓰레기, 사용한 티슈, 화장지, 물수건, 바지, 티셔츠, 양말, 속옷, 수건, 몇 주간 땀에 젖은 운동복, 다 쓴 치약 튜브, 끼니마다 먹은 음식과 음료 팩, 자른 손톱 조각과 머리칼 등등이 담긴 자루는 결국 다음 주에 도착하는 보급선에 실린다. 두 달 후 도킹을 해제했을 때 몽땅 대기권에서 연소할 것이다. 잔해는 지구 궤도에서 기나긴 삶을 시작한다. 이 임무는 마구 몸을 쓰는 일이다. 넬은 3D 퍼즐을 맞추듯 커다란 큐브 모양 화물을 이리저리 옮긴다. 이곳의 삶은 카라반살이와 비슷하다. 공간이 부족해서 사방에 온갖 짐을 몰아넣는다. 발로 누르고 단단히 묶어 떠내려 보낸다. 문가에서 마주친 안톤과 넬은 몸을 옆으로 돌려 서로를 지나쳐 미끄러진다. 넬의 코가 살짝 튀어나온 안톤의 배와 스친다.

넬은 카라반 여행을 했던 적이 있다. 엄마가 세상을 떠나기 얼마 전의 일이었을 것이다. 그때 넬은 아마도 네다섯 살이었다. 지금 넬처럼 그때 엄마도 어디를 가든지 짐 가방을 쑤셔 넣었다. 작은 주방에 있는 합판이 벗겨진 찬장, 테이블 자리 아래 트렁크, 비좁은 침실 옷장, 자석 걸쇠가 철컥 소리를 내던(그래서 온종일 철컥, 철컥, 철컥댔던) 머리 위 짐칸에 짐을 넣으며, 넬의 엄마는 여행이 아니라 이사를 온 사람처럼 묵묵하고 바지런히 움직였다. 넬의 가족은 이사를 자주 다니기도 했다. 나중에 아빠가 해 준 말로는 '집 없이 살던' 때도 있었다고 한다. (그러면 어디에 있었다는 거지? 넬은 먼 친척이나 친구 집이었을 거라고 늘 상상했다.) 그러나 아빠는 카라반 이야기는 꺼낸 적 없다. 만일 카라반에 살았다면 그게 며칠이었건 넬은 틀림없이 기억했을 것이다.

바깥에 은은한 빛이 깔려 있다. 넬이 단박에 알아본 북유럽의 차분한 늦은 오후, 구름이 끼어 있고 그 아래는 무수한 갈색 그늘이 드리워졌다. 왼쪽으로는 넬의 남편이 사는 아일랜드 남부 해안과 영국이 있다. 이들은 유럽 중심을 지나 남쪽으로 내려가기 전 이쪽 해안 밑을 둘러 간다. 이들이 궤도를 도는 목적은 확고하다. 늘 지구의 옅은 정상을 오르고 또 오르지만 끝내 도달하지는 못한다. 그런데도 이들은 인내와 목적을 잃지 않는다. 남쪽을 횡단할 때는 색깔이 달라진다. 갈색 그늘이 환해지고, 전체 색조도 한결 밝아진다. 초록색도 산악 지대의 짙은 녹음부터 곡저 평야의 에메랄드빛, 바다의 청록빛까지 다양하다. 광활한 나일강 삼각주는 진한 보라색과 녹색이다. 갈색이 복숭아색이 되고 진자주색이 된다. 그 아래 아프리카는 추상적인 문양으로 밀랍 염색한 땅이다. 나일강은 엎질러진 감청색 잉크다.

넬의 남편은 우주에서 본 아프리카가 터너의 후기 작품들 같다고 한다. 빛으로 범벅된 색들을 두껍게 칠해 형태가 거의 뭉개진 풍경. 한번은 자신이 만약 우주에 있으면 적나라하게 드러난 지구의 아름다움을 마주하고는 무력하게 날마다 울며 시간을 다 보낼 것 같다고 했다. 하지만 자신은 절대 우주에 갈 수 없다고도 했다. 애석하게도 자신은 단단한 대지가 필요한 사람이기 때문이다. 그는 안팎으로 안정감을 원하며 삶에 압도당하지 않도록 그걸 단순화해야 하는 사람이다. (그의 말에 따르면) 그런 사람들이 있다고 한다. 너무 많은 걸 한꺼번에 느끼고 혼란스러워하면서 내면의 삶을 복잡하게 만드는 사람들. 이런 사람들은 그래서 외면이 단순해야 한다. 이를테면 필요한 것은 집과 들판과 양 떼 약간 정도다. 그런데 어떤 사람들은 기적처럼 내면의 삶을 단순하게 만들어 외면을 야심 차게 무한대로 확장한다. 집을 우주선으로, 들판을 우주로 맞바꾼다. 그도 자기 다리쯤은 내놓을 수 있지만 그런 건 다리와 맞바꿀

게 아니다. 더구나 이미 무한을 가진 사람이 뭐 하러 그의 다리를 원할까?

무한을 가진 사람은 없다고 넬은 대답했다. 그러자 남편이 물었다. 짧아도 3년은 걸리고 영영 못 돌아올 수도 있다는 것을 알고도 화성에 가겠느냐고. 넬은 망설임 없이 그렇다고 했다. 반대를 선택하는 사람이 있다면 오히려 이유가 궁금할 정도로 당연했다. 나도 가고 싶어 하는 사람이었으면 **싶어**, 남편은 말했다. 자신도 화성에 가고 싶어 하는 사람이 되고 싶지만, 자신은 도중에 정신을 놓아 버릴 것이라고, 그래서 임무를 망치고 위협하는 사람이 될 것이라고, 동료들은 대의를 위해 자신을 안락사시켜야 할 것이라고 했다. 에이 왜 그래, 넬은 다정히 말했다. (하지만 내심 그의 말이 옳은지도 모른다고 생각했다.)

오늘 마지막으로 옮길 화물 자루를 우주복이 있는 에어록에 둔다. 날것의 우주와 접촉했던 우주복은 지금 유령처럼 떠 있다. 우주복을 입고 나갈 일이 또 있으려나? 우주선 밖으로 나가는 것은 정말로 프리다이빙 같았다. 넬은 한밤에 발광 생물들 사이에서 프리다이빙을 한 적이 있었다. 사방에서 생물들이 별처럼 반짝였다.

공기로 가득해진 폐, 동등해지며 하나가 된 몸과 물, 평온하고 차분한 마음.

 넬과 남편은 거의 매일 사진을 주고받는다. 남편은 호수와 산, 핏빛 석양을, 어떤 날은 고드름이나 양의 귀, 꽃송이, 문기둥을 가까이 찍어 보여 주고, 어떤 날은 물이 고인 모래에 비친 바다나 구름을, 한번은 밤하늘 어딘가 사진으로 보이진 않지만 아내가 탄 우주선이 지나고 있을 지점에 동그라미를 치고 이런 캡션을 달아 보냈다. **당신이 여기 있어 있었어.** 그는 또 이렇게 썼다. 이걸 읽을 즈음 당신은 지구를 여덟아홉 번은 더 돌았겠다. 시속 1만 7000마일로 자기 머리 위를 날아다니는 아내를 둔 건 솔직히 쉽지 않노라고 남편은 말했다. 어디에 아내가 있는지, 어디로 가면 찾을 수 있는지 절대 알 수 없다.

 넬도 남편에게 지구, 별들과 달, 수면실, 동료들, 식사, 모듈 풍경을 찍어 보낸다. 언제나 약간씩 구름에 가려진 아일랜드 사진도 보낸다. 케이블, 전선, 실험실 선반, 카메라, 컴퓨터, 각종 관과 환기구, 막대, 출입구, 스위치, 패널로 어수선한 공간에서 연신 눈을 쏘는 형광등 조명을 받으며 자전거를 타는 넬의 모습도. 사실 남편은 어디로 가면 아내를 찾을 수 있는지 언제나 알고 있다. 아내의 정확한 위치는 누구에게나 공개되어 있고 정확히 표시된다. 밀리초 단위로 예측할 수 있는 궤도에 있기 때문이다. 아내는 열일곱 개 모듈 중 어느 곳에나 있을 수 있지만 오직 그곳에만 존재할 수 있다. 딱 한 번 바깥 우주로 나간 적이 있기는 하다. 하지만 그때조차 수백 명이 지켜봤고, 밧줄에 단단히 묶여 있었다.

그러니까, 넬은 갇혀 있는 셈이다. 오히려 더 불분명한 것은 남편의 위치다. 그는 어디에나 있을 수 있다. 두 사람은 6년을 만났는데 그중 5년을 결혼해 지냈다. 그 5년 중 4년 동안 넬은 우주비행사 훈련을 받았다. 4년 동안 둘이 함께 보낸 시간은 고작 몇 달이었다. 그리고 그가 물려받은 아일랜드 집에서 둘이 살았던 시간은 그중 3분의 1도 채 되지 않는다. 남편은 지난해 짐 가방 하나만 덜렁 들고 그 집으로 이사했다. 대부분 혼자 지낼 바에야 정원도 없고 공간도 좁고 제집 같지도 않은 런던 아파트보다 아일랜드 집에서 사는 편이 낫기 때문이었다. 그렇게 그는 아내가 거의 알지 못하는 나라에서 살아간다. 넬에게 아일랜드는 상상의 땅이다. 남편에게 지구 풍경이 그런 것처럼. 갈대와 황새풀과 가시금

작화와 푸크시아의 땅. 남편의 땅. 들판에 있는 남편은 석양에 잠겨 검은 실루엣으로 보인다. (누가 찍은 사진일까?)

넬은 남편에게 물었다. 우리 둘 중에 누가 더 미지에 싸여 있는 걸까? 남편은 이렇게 대답했다. 각자 다르게, 그렇지만 똑같이 미지에 싸였지. 당신 머릿속은 온갖 머리글자로 가득하고, 내 머릿속은 양들의 질병으로 가득해. 우리 둘 다 똑같이 미지에 싸여 있어.

궤도 9

여보세요? 로만이 무전기에 대고 말한다. **즈드라스테?** 여보세요?

여보세요?

즈드라스테, 여보세요.

정말 연결된 건가요? 거기 우주 맞아요? 우주비행사인가요?

러시아 우주비행사입니다. **즈드라스테**, 안녕하세요.

네?

안녕하세요?

나는 토니라고 해요.

로만입니다.

나는 토니예요.

알아요.

잘 안 들려요.

로만이라고 합니다.

소리가 깨지고 잘 안 들리네요.

러시아 우주비행사 로만입니다.

잘 지내요?

잘 지냅니다. 그쪽은요?

토니라고 부르세요.

태양권을 지르밟고 성간우주로 진입한 것은 보이저 1호와 보이저 2호로 알려진 두 탐사선이다. 길 없이 깜깜한 어둠에 길을 내며 지나가는 거대한 커피 그라인더 두 대. 고성능 안테나, 저자기장 자력계와 고자기장 자력계, 하이드라진 추력기를 달고, 지구에서 130억 마일 떨어진 우주선宇宙線 속에서 이리저리 움직이며 영원을 향해 나아간다. 전자 장치들을 태운 각 탐사선의 모선에는 황금 디스크가 있다. 명판 같기도 하고 무언가로 가는 입구가 될 수도 있는 그 물건은 사실 포노그래프, 지구의 소리를 가득 담은 레코드판이다.

5000억 년 안에 탐사선들이 은하수를 한 바퀴 다 돌았을 때 어쩌면 지적 생명체를 만나게 될지도 모른다.

4만 년 정도가 흘러 두 탐사선이 어느 행성계에 가까워졌을 때는 어쩌면, 정말 어쩌면, 그중 한 행성에 어떠한 형태로든 생명체가 살고 있어서 그들이 눈에 해당하는 무언가로 탐사선을 정찰하고, 주시하고, 호기심이라 할 수 있는 무언가를 내보이며 연료가 떨어져 버려진 낡은 탐사선을 회수하고, 손에 해당하는 무언가로 (탐사선에 있던) 바늘을 레코드판에 내려놓으면, 다다다-다 하고 베토벤 교향곡 5번이 터져 나올 것이다. 그 소리가 천둥처럼 울려 퍼지며 또 다른 경계를 넘을 것이다. 인류의 음악이 은하계 바깥까지 퍼져 척 베리와 바흐, 스트라빈스키와 블라인드 윌리 존슨, 디저리두와 바이올린과 슬라이드 기타와 샤쿠하치 소리가 울릴 것이다. 고래의 노래가 작은곰자리를 관통해 멀리멀리 흘러갈 것이다. AC+793888 별에 사는 존재는 1970년에 녹음된 양 울음소리와 인간의 웃음소리, 발걸음 소리, 부드러운 키스 소리를 듣게 될 것이다. 트랙터 돌아가는 소리, 어린아이의 목소리도 들을 것이다.

그들이 레코드판을 틀어 폭죽이 연속으로 빠르게 터지는 소리를 듣게 된다면, 그게 뇌파를 의미한다는 것을 알까? 4만 년도 전에 어느 태양계의 이름 모를 여자가 EEG 장비를 쓰고 머릿속 생각을 기록으로 남겼다는 것을 추리할 수 있을까? 추상적인 소리를 역으로 분석하며 뇌파로 다시 번역해 내, 그 뇌파가 여자의 생각이었다는 것을 알 수 있을까? 그렇게 인간의 정신을 들여다볼 수 있을까? 그녀가 사랑에 빠진 젊은 여자였다는 것도 알까? EEG 패턴이 오르내리는 모양을 보고 그녀가 지구와 연인을 마치 이어진 존재인 양 동시에 생각하고 있었다는 것을 알까? 머릿속으로 미리 정해 놓은 대로 링컨, 빙하기, 고대 이집트 상형 문자, 그 밖에 지구 역사를 형성한 위대한 것들과 외계 존재에게 전해 주고픈 것들을 차례로 생각하려 했으나, 그때마다 그녀 생각이 연인의 짙은 눈썹과 높은 코, 근사한 손짓과 새처럼 귀담아듣는 모습과 몸이 닿지 않아도 서로를 어루만지던 숱한 시간으로 귀결되었음을 알까? 위대한 도시 알렉산드리아와 핵무기 폐기, 지구의 밀물과 썰물이 만드는 교향곡, 그리고 다부진 연인의 턱, 어찌나 똑 부러지게 말하는지 늘 깨달음과 발견을 주는 그의 말들, 반대로 **그녀**가 어떤 깨달음을 자꾸 주기라도 하는지 그녀를 바라보는 그의 눈빛, 그가 자신에게 뭘 하려 했던 걸까 생각하면 두근대는 심장과 달아오르는 몸, 유타 평원을 가로질러 이주하는 들소 떼, 게이샤의 무표정한 얼굴, 그리고 절대 누려서는 안 되었던 행복을 자신이 발견했다는 깨달음, 두 개의 마음과 몸이 얼떨떨할 만큼 전력으로 서로에게 달려들어 그녀의 인생이 샛길로 흐르고 세세한 계획들이 몽땅 없던 일이 되고 그녀가 뜨거운 갈망과 섹스와 운명에 대한 생각에 스스로 사로잡히고 만 것, 사랑의 완전함, 놀라운 지구, 연인의 손과 목과 맨등을 생각할 때, 소리는 날카로워진다.

이 모든 생각들은 펄서pulsar와 비슷한 소리를 낸다. 숨 쉴 새 없이 빠르게 타악기를 두드리는 소리 같다. 생명체가 이 황금 디스크를 발견할 가능성은 얼마나 될까? 심지어 그걸 재생하고 뇌파의 의미까지 해독할 확률은? 무한히 작은 가능성. 존재하지 않는 가능성이다. 하지만 그러는 동안에도 황금 디스크와 그 안에 녹음된 소리들은 영원히 갇힌 채 은하수를 떠돈다. 50억 년이 흘러 지구가 오래전 종말을 고했을 때, 그것은 수명을 다한 항성들보다도 오래 살아남은 사랑 노래일 것이다. 사랑에 잠긴 두뇌의 소리가 오르트 구름을 지나, 태양계를 지나, 돌진하는 운석을 지나, 아직 존재하지 않는 별들의 중력장으로 들어간다.

어제 이들은 달로켓이 밤의 우주 속으로 깔끔히 날아가는 것을 지켜봤다. 불덩이가 느닷없이 떠오른 태양처럼 광환光環을 만들고 로켓 부스터가 분리되며 연기 기둥이 생기는 것도 봤다. 이후 로켓은 발사 현장의 대혼란을 유유히 빠져나가 평화로이 나아갔다.

이들은 달로 떠난 우주비행사들의 발걸음을 하나하나 모두 지켜봤다. 그래서 그들이 어떤 상태인지 알았다. 어떤 마음일지는 조금은 알았고 조금은 상상했다. 그들은 케이프 커내버럴의 해변 막사에서 동틀 무렵 일어나 몇 초쯤 정신을 못 차리다가 침대 바깥으로 다리를 쭉 내밀었다. 그 순간부터 그들의 생각은 깔끔하고 단순했다. 모두 마지막 샤워와 아침 식사를 하고 밖으로 나가 별말 없이 바다를 봤다.

전기차 한 대가 나타나 그들을 태웠다. 부스터 세 대, 엔진 스물일곱 개를 장착하고 500만 파운드의 추력을 내는 로켓이 받침대에 우뚝 서 있는 모습을 처음 본 순간, 그들의 얼굴에는 고기 냄새에 취해 사나워진 길거리 개의 표정이 떠올랐다. 가족들은 굳이 행운을 빌어 주지 않았다. 그들이 운을 넘어서고도 남으리란 것을 알았으니까. 발사 날 수속 절차를 진행하는 구역에서 날씨 브리핑이 끝나면 우주 멀미를 가라앉혀 줄 알약과 진통제를 삼킨다. 그러고 나면 우주복 기술자들이 기다리고 있다. 장갑을 낀다. 3D 프린팅으로 만든 헬멧을 쓴다. 옛 슈퍼히어로처럼 무릎까지 오는 신발도 신는다. 그런 뒤 우주복에서 공기가 새는 곳이 없는지 점검한다. 행여 캡슐 내부 기압이 내려가더라도 지구를 모방해 놓은 최첨단의 작은 거품 방울 안에서는 불에 타지 않고 소음과 진공도 견딜 수 있다. 사진을 찍는 취재진 앞에서는 몸에 딱 붙는 100만 달러 턱시도를 입은 양 으스댄다. 이제 당신은 제임스 본드, 스톰트루퍼, 캡틴 마블, 배트걸이다. 발사대로 가서 산소를 보내는 파이프가 허벅지까지 오도록 탑재된 등받이 조절 의자에 앉는다. 통신 체크, 출입구 누출 체크, 모든 스위치와 회로와 하드웨어를 테스트하고 한 번 더 테스트한다.

해변 막사에서 그들은 인간이었고, 여자, 남자, 아내이자 엄마이자 딸, 남편이자 아빠이자 아들이었다. 알 수 없는 불안을 느끼며 괜히 성호를 긋고 손톱을 두드리고 입술을 지그시 깨물었다. 그러나 발사대에 오른 순간부터는 할리우드와 SF와 〈스페이스 오디세이〉와 디즈니 영화의 주인공이었다. 상상을 실천하며 이름을 남길 준비가 된 사람들. 반짝이는 로켓 꼭대기는 절대적이고 눈부신 순백의 새것으로 덮여 있었다. 푸른 하늘은 영광스럽지만 정복할 수 있을 것 같았다.

궤도 10

9000만 마일 떨어진 곳에서 태양이 포효한다. 태양은 11년 주기의 극대기에 가까워져 폭발하고 작열한다. 맹렬한 빛에 테두리가 벗겨졌고 표면은 흑점으로 멍이 들었다. 어마어마한 태양 플레어가 동쪽으로 양성자 폭풍을 일으키고, 그 여파로 발생한 지자기 폭풍이 300마일 높이 빛을 분출한다.

바깥은 방사성 늪이다. 차폐막이 제대로 기능하지 않으면 곤경에 빠지리란 것을 이들은 잘 안다. 그런데 태양이 이렇게 활기차지면 이상한 효과가 일어난다. (비교적 유순하고 저항할 만한) 태양 방사선이 (그야말로 독사 무리인) 우주 방사선을 멀리 밀어내 이들이 헤엄치는 바깥 늪이 얌전해진다. 차폐막이 막지 못한 것은 지구 자기장이 대신 막아 준다. 실험실의 방사선량계는 무탈하다. 태양의 입자 구름이 피어오르고 플레어가 폭발해 단 8분 만에 지구를 향해 휘몰아친다. 에너지의 박동과 폭발, 융합하고 격노하는 거대한 구체. 태양이 격노하는 동안 이들은 어쩐 일인지 말도 안 되게 안전한 곳에 포근히 싸여 있다. 말하자면 태양은 용이고 이들은 엄청난 운에 의해 용의 영역에서 보호받는다.

그렇게 가장 안전한 피난처에 이들이 있다. 이제 초저녁이다. 숀은 쓰레기봉투를 모으고, 로만은 러시아 화장실을, 피에트로는 미국 화장실을, 안톤은 공기 정화 시스템을 청소하고, 치에는 선실을 닦으며 살균하고, 넬은 환기구를 치우다가 거기서 연필, 볼트, 스크루드라이버, 머리카락과 잘린 손톱을 발견한다.

그러고 나면 흔치 않게 아무런 목표 없이 떠다니는 순간이 찾아온다. 치에는 지금 궤도가 일본에서 아마득하게 떨어져 있어 네 시간은 더 있어야 일본이 나온다는 것을 알지만, 그래도 왼쪽 창문으로 이동한다. 엄마가 저기 있어, 치에는 생각한다. 엄마가 남기고 간 모든 게 저곳에 있어. 곧 있으면 모두 불태워져 사라질 거야. 이들은 아프리카의 왼쪽 끝, 모리타니, 말리, 곧이어 나이지리아, 가봉, 앙골라를 훑고 지나간다. 이 나라들을 보는 건 오늘 들어 두 번째다. 아침에는 상행 궤도였으나 이번에는 하행 궤도를 따라 해안을 빙 둘러 옛날 배들처럼 희망봉 아래로 큰 고리 모양을 그리며 간다.

다카르의 화살표 모양 반도를 지나 적도를 건너면 날이 저물어 마지막 빛만 남은 콩고강 양쪽의 브라자빌과 킨샤사가 황혼 속에서 시들하다. 파란색이 연보라색으로 변하고 연보라색이 남색으로, 남색이 검은색으로 변해 남아프리카 전체가 밤에 가라앉는다. 낭자하게 튄 물감, 번진 잉크, 구겨진 새틴, 바스러진 파스텔, 밖으로 넘친 과일 바구니 같이 혼돈 속에 완벽하던 대륙은 사라진다. 염전과 붉은 퇴적물이 쌓인 범람원의 대륙이, 드넓은 강과 증식하는 곰팡이처럼 푸르고 폭신한 평원에서 솟아오른 산이 얽히고설킨 신경망이 사라진다. 대륙이 사라진 자리에는 밤하늘 별빛이 수놓인, 남편 잃은 여인의 베일이 얇게 깔린다.

로만과 안톤은 러시아 모듈에 있다. 로만은 가위에서 빠져나와 그의 머리칼 사이 어딘가에 있는 나사를 찾아 헤집고 있다. 안톤은 다리를 치켜들고 창밖으로 아래를 보고 있다. 케이프타운에서 빛이 사라지고 바다 위로 폭풍이 몰아친다. 밤에는 지구 어디를 지나든 꼭 어딘가에서 변덕스럽게 번개가 친다. 강렬하게 퍼런 은빛 꽃이 말없이 피었다가 진다. 여기, 저기, 그리고 다시 여기에.

안톤은 보름 전부터 목에 생긴 혹을 무심결에 어루만진다. 그러다 폴로셔츠 깃으로 가린다. 우주에서 가장 하지 말아야 할 일은 아픈 것이다. 사람들은 걱정하며 당신을 집으로 돌려보낼 것이다. 혼자 갈 수는 없으니 두 명이 더 동행할 테고, 그 두 명의 임무를 중단시킨다는 것은 용서받지 못할 짓이다. 안톤은 전담의나 동료들에게 이 사실을 말하지 않을 생각이다. 부디 누구도 눈치채지 못했으면 한다. 목 아래 움푹 들어간 곳에 체리만 하게 튀어나온 혹은 아무런 통증도 없다.

집에 있는 아내도 오랫동안 몸이 좋지 않았다. 그는 아이들에게 이렇게 말해 뒀다. 너희 중 누구에게도 나쁜 일이 일어나지 않게 하겠다고. 마치 자신에게 그럴 능력이 있는 것처럼. 안톤은 온 가족을 등에 업고 어둠을 지나는 중이고, 그 무게를 아주 오랫동안 지고 살았다. 그러나 그도, 우리 모두 그렇듯, 어둠의 먹잇감이 되었다. 이걸 가족에게 뭐라고 말해야 할까. 어떻게 해야 기분 상하지 않게 아내에게 말할 수 있을까. **자부뎀, 라**

드노? 우리 그냥 잊는 거 어때? 관두자. 더 이상 사랑하지도 않는데, 간단한 문제를 뭐 하러 복잡하게 만들어? 혹을 발견했을 때 안톤은 곧장 그 문장을 떠올렸다. **자부뎀, 라드노?** 머릿속에서는 참 산뜻하고 쉬운 말이었다. 어색한 대화 정도를 끝마치자고 하는 것처럼. 그 가벼운 말 한마디면 수십 년 동안 속 썩었던 내면의 고통도 끝이었다. 그는 그 말을 내뱉으면 자신과 아내와 아이들까지 모두 해방되리라고 확신한다. 구해 내야 했으나 절대 구해 낼 수 없었던 어둠에서 해방될 것이다.

 결혼 생활에 사랑이 사라졌다는 것을 그는 차츰 깨달아 갔다. 그 조짐이 하나씩 가만히 모습을 드러냈다. 망원 렌즈로 바다 위 배들이 남기는 선들, 볼리비아의 라구나 콜로라다에 밝은 오렌지색으로 빛나는 오래된 호숫가, 아니면 붉은 유황이 번진 활화산 꼭대기, 카비르 사막에서 층층이 바람에 깎인 바위를 볼 때면 풍경 하나하나가 마음을 억지로 열어젖히고 번번이 균열을 냈다. 그는 그게 그렇게나 넓은지 몰랐다. 마음이란 게 말이다. 돌덩어리를 이렇게나 사랑하게 될 줄도 몰랐다. 이 사랑의 생기를 생각하며 밤잠을 설친다. 그러다 처음으로 목에 생긴 혹을 발견했을 때 정확히 이유는 알 수 없으나 꼭 그게 그간의 조짐들이 논리적으로 다다른 결말이라는 생각이 들었다. 그와 아내가 서로를 사랑하지 않으며, 삶이란 게 참 넓고 짧다는 깨달음의 종착점이 바로 그것이었다. 중요한 사실을 알게 된 그때부터 그는 굳게 마음을 먹었다. **자부뎀, 라드노?** 지구에 돌아가면 아내에게 물을 것이다. 그러면 아내는 놀라고 망설이는 기색 없이 짧게 고개를 끄덕이며 대답할 것이다. **라드노, 프로예할리.** 그러자. 뭐라 물어야 할지조차 몰랐던 질문치고는 참 간편한 대답이리라. 안톤은 옷깃을 빳빳하게 세운다.

넬은 케이프타운의 불빛을 보며 어릴 적 그곳에 갔던 때를 생각한다. 그 여행의 기억은 흐리지만, 참 희한하게도 더운 날 어깨에 웬 작은 원숭이를 얹고 자갈 깔린 광장에 서 있던 건 기억이 난다. 원숭이는 목줄에 묶여 있었다. 진짜 기억인가? 어깨 위 원숭이는 분명 진짜였고 넬이 케이프타운에 갔던 것도 사실인데 그 두 가지가 서로 연관이 있는지는 모르겠다.

피에트로는 태풍이 어디까지 갔는지 뉴스를 확인한다. 궤도에서는 더 이상 보이지 않아 영 불안하다. 기상학자들은 이번 태풍을 초대형 태풍으로 부르기로 했다.

급격히 강해지고 있어서 누구도 만반의 준비를 하지 못했으며 이런 폭풍이 갈수록 잦아지고 있다고들 말한다. 피에트로는 전망이 잘 보이는 돔 창가로 가서 반짝이는 바다와 상현달을 촬영한다. 모든 게 매끈하고 보송하고 반지르르하다. **주께서 물 위에 자기 누각의 들보를 얹으셨다.** 시편이었던가, 손이 그에게 들려줬던 성경 말씀을 기억한다. 가끔은 진짜 그랬겠다는 생각이 든다. 어쩌면 이곳이 바다에 빛을 쏟아붓는 누각인지도 모른다. 피에트로는 연신 사진을 찍는다. 수백 장을.

신혼여행 때 그와 아내가 만났던 필리핀 어부의 아이들은 어떻게 지낼까? 티 없이 환한 웃음, 까진 무릎, 비단처럼 고운 피부, 헐렁한 러닝셔츠와 샌들, 흙 묻은 발가락, 노래하듯 재잘대는 소리, 깊고 사랑스러운 갈색 눈, 저녁을 먹으러 와서는 우주복 입은 사람들 사진을 보여 줘서 자기들 입을 떡 벌어지게 한 침입자들, 근육질에 아르마니 티셔츠를 입은 버즈 라이트이어 아저씨에게 마음을 다 주지 않던 아이들. 아이들은 마치 자기들 부모가 모르거나 못 본 것을(혹은 못 본 척하기로 한 것을) 알고 본 듯했다. 그러니까, 서로의 처지가 뒤바뀌지 않으리라는 걸 알았던 걸까. 라이트이어 아저씨와 그 옆에 늘씬하고 향긋한 냄새가 나고 임신해 배가 살짝 부른 아저씨의 아내가 어느 우주에서 왔든지 간에 아이들은 그 세상을 절대 볼 수 없을 것이다. 다 갚을 수 없는 호의를 받는다면 모를까, 호화로운 여행을 떠나 이 침입자들의 집에서 그때쯤이면 태어났을 아이와 다 함께 둘러앉아 식사하는 일은 절대 일어날 리 없다. 그래도 아이들은 침입자들을 믿지 못한 것만큼이나 온전히 받아들였고, 자신들이 주운 조개껍데기와 (저녁 내내 라이트이어 아저씨의 아내가 썼던) 초록색 야구 모자와 곧 태어날 아이에게 줄 당나귀 모양의 플라스틱 호루라기를 활짝 웃으며 선물했다. 그 애들은 지금 어디 있을까? 안전한 데 있을까?

하루치 실험을 마치고 나면 여섯 명은 각자 남은 일을 매듭짓는다. 자기 상태를 꼼꼼히 기록하는 것이다. 식욕을 보고하고, 기분을 모니터링하고, 맥박을 재고, 소변을 채취한다. 추출한 혈액은 전담의에게 보내 분석을 의뢰한다. 이 시대도 저물고 있구나, 손은 혈액병을 원심 분리기에 넣어 보관해 두며 생각한다. 이 든든한 우주선에서 체류하는 날도 얼마 남지 않았다. 이제 굳이 지구에서 250마일 떨어진 궤도에만 갇혀 있을 필요가 있을까? 25**만** 마일 떨어진 곳까지 갈 수 있는데? 그리고 그건 시작에 불과하다. 그냥 달까지만 가는 거니까. 그러다 달 주변에, 나중에는 달 위에 거주 기지를 짓고 장거리 우주선으로 연료를 재공급받으면서 체류하는 시간을 늘려 갈 것이다. 머지않은 미래에 사람들은 지구 궤도를 벗어나 멀리멀리, 이 여섯 명이 있는 곳도 훌쩍 지나쳐, 저기 붉은 신호로 손짓하는 화성을 향해 가게 될 것이다.

그들보다 먼저 떠나온 여기 여섯 명은 그 모든 것을 가능하게 해 준 실험 쥐들이다. 자신도 못 가 본 길을 개척한 표본이자 연구 대상이다. 언젠가는 우주여행이 버스를 타고 떠나는 소풍처럼 보이는 날이 올 것이다. 이들이 가리킨 손끝 너머 펼쳐진 가능성의 지평은 작디작고 찰나인 이들의 존재를 다시금 확인시키리라. 이들은 감시당하는 작은 물고기처럼 미세중력에서 헤엄친다. 이들이 배양하는 심장 세포는 언젠가 화성으로 갈 우주비행사들의 심장을 대체할 것이다. 이들의 심장은 아니다. 이들은 어차피 죽을 운명이다. 이들은 혈액과 대소변, 타액 샘플을 채취하고, 심박수, 혈압, 수면 패턴을 모니터링하고, 혹시 어떤 통증이나 평소와 다른 감각이 느껴지는지를 기록한다. 이들이 곧 데이터다. 그냥, 데이터. 목적이 아닌 수단.

적나라하게 마주한 이 생각 앞에서 이들은 우주에서의 고뇌를 잠시 잊는다. 이곳에 외로이 있다는 고독과 이곳을 떠나는 것에 대한 불안이 조금은 잠잠해진다. 이들이 바라고 생각하고 믿는 것은 예나 지금이나 자신들을 위한 게 아니다. 이들의 도착과 귀환은 지금 달로 떠난 우주비행사 네 명과 이후의 사람들 그리고 언젠가 새로 지은 달 기지로 가서 생활할 사람들, 더 깊은 우주로 들어갈 사람들과 이후 수십 년 동안 그들을 뒤따를 사람들을 위한 것이다. 아니, 그것도 아니라 미래와 다른 세계에서 들려오는 사이렌의 노래, 다른 행성에서 살겠다는 거창하고 추상적인 꿈, 비틀거리는 지구를 떠나 자유로워진 인류, 우주 정복을 위한 것이다.

여기 있는 여섯 명 또한 그런 꿈을 꿨을 수도, 꾸지 않았을 수도 있지만 그건 중요하지 않다. 맡은 역할을 받아들여 잘 수행하기만 한다면, 그런 건 상관없다. 그리고 이들은 하루 종일 기꺼이 그 일을 한다. 악력의 세기를 측정한다. 호흡을 방해하는 스트랩과 모니터를 가슴과 갑갑하게 연결한 채 잠든다. 뇌를 스캔한다. 입 안을 문질러 샘플을 채취한다. 시들한 정맥에서 주사기를 뽑는다. 이 모든 걸 기꺼이 한다.

사람 미치게 하는 것들:
건망증
질문
15분마다 울리는 교회 종소리
열리지 않는 창문
말똥말똥 누워 있기
꽉 막힌 코
환기구와 필터에 꼬인 머리카락
화재경보기 테스트
무력감
눈에 꼬인 파리

러시아 선원실에는 공기를 채운 지구본이 테이블 위에 동동 떠 있다. 벽에는 우랄산맥과 우주비행사 알렉세이 레오노프, 세르게이 크리칼료프 사진이 걸렸다. 테이블은 벨크로로 대충 고정해 놓은 작업 도구들로 어수선하다. 빈 참치 캔에 포크가 들어가 있고, 로만의 아마추어 무전기도 옆에 놓여 있다. 25년이 넘는 세월 동안 15만 번 궤도를 돈 모듈은 어느덧 낡아 삐거덕대고 나날이 비행하기에 적합하지 않은 공간이 되고 있다. 선체 바깥에는 금이 생겼다. 얼마 안 되는 크기지만, 분명 문제다.

빛나는 서구 자본주의가 꿈꾸는 우주 같은 건 여기 없다. 이곳은 불굴의 공학 기술과 천재적인 실용주의를 숭배하는, 칙칙하고 효용을 중시하는 육중한 사원이다. 소련 붕괴 후에 살아남은 타임캡슐, 지나간 세기의 마지막 메아리다. 이곳을 집처럼 만들어 보려는 시도가 없었던 것은 아니다. 여기가 바닥이고 여기가 천장이고 이렇게 서는 게 올바른 방향이라고 정하면서, 위아래와 좌우 구분이 사라진 다른 모듈들을 지배하는 우주 공간의 우주다움을 무력화하려고 해 봤다. 그러나 아늑해지려는 시도는 부질없다. 벨크로가 붙은 벽과 수 킬로미터에 이르는 케이블과 침침하게 깜박이는 불빛은 아늑해질 수 없다. 결국 이곳은 도래한 우주 시대도 아니고 그렇다고 편한 집도 아니며 그저 지하 벙커에 가깝다. 편안하게 만들려는 노력은 끝내 실패했지만 그래도 이들은 애지중지 돌본다.

여섯 명이 함께 저녁을 먹으러 모인다. 로만과 안톤

이 식량 보관실에서 같이 먹을 보급품을 꺼내 온다. 소렐 수프, 보르쉬, **라솔니크**, 통조림 생선, 올리브, 코티지 치즈, 말린 빵이 나온다.

정거장을 농장처럼 만들면 좋겠다고 말했던 게 오늘 아침이었던가? 피에트로가 묻는다. 2분 전이었던 것 같기도 하고 5년이 지난 것도 같고, 잘 모르겠네. 태풍 때문인가. 태풍이 늙어빠진 야수처럼 우리 밑에서 움직이고 있어서 그래.

관측창 가까이 있는 안톤이 반사적으로 밖을 내다본다. 태풍은 보이지 않는다. 보이는 것은 온통 바다와 푸른 은빛 밤하늘뿐이어서 위치조차 알 수 없다. 오른쪽으로 아주 작은 점이 반짝이는 것을 보고서야 태즈메이니아구나, 생각하고 얼마나 남쪽으로 왔는가를 가늠한다. 우주선의 로봇 팔 실루엣이 시야 대각선에 나타난다.

넬은 초콜릿을 입힌 벌집 꿀을 꺼낸다. 남편이 지난번 보급선을 통해 보내 준 것이다. 씹는 맛을 느낄 수 있고 숟가락으로 떠먹지 않아도 되는 음식을 넬이 무척이나 바랐기 때문에 남편은 그걸 세 팩 보내 줬고, 넬은 그동안 아껴 먹어 왔다. 벌집 꿀이 사라지고 있다는 아쉬움은 그걸 먹는 즐거움을 능가할 정도였다. 그래도 마지막 팩은 선원들과 나눠 먹을 생각이다. 쩨쩨하게 아껴 봤자 무슨 소용인가. 선원들은 그리운 것들을 하나씩 이야기한다. 갓 나온 도넛, 신선한 크림, 구운 감자. 어렸을 때 먹던 간식들.

어렸을 때 **막과자점**에 드나들었던 걸 생생히 기억해, 치에가 말한다. 학교 수업이 끝나면 친구들이랑 다 같이 갔는데, 들어가면 별천지가 펼쳐졌어. 커다란 판매대에 간식이 가득했어. 천장에도 매달려 있고, 벽에도 걸려 있고. 그리고 냄새는, 정말 달콤했지. 오래 있었다가는 기절해 버렸을지도 몰라. 들어가면 믹스를 사겠다고 했어. **본탄아메** 조금, **닌진** 조금, 담배 모양 사탕도 조금.

우리 동네는 10펜스짜리 믹스를 팔았어, 넬이 말한다. 잘 고르면 온종일 빨아 먹을 수 있는 사탕을 건질 수 있었어.

코롭카, 안톤이 자기 꿈을 떠올리며 말한다. 로만이 그 단어를 되풀이한다, 코롭카.

우리가 네 집에 갔을 때 먹었던 과자 말하는 거야? 피에트로가 로만에게 묻는다. 네 아내가 커피랑 같이 내준 그거.

로만이 그렇다는 뜻에서 고개를 끄덕인다. 코롭카.

아, 안에 연유가 든 거 말이구나, 숀이 말한다.

맛있더라, 피에트로가 말한다. 그날 식사 중 제일 맛있었어. 네 아내 요리 실력이 별로란 뜻은 아니고, 로만.

그거 로만 아내 요리 실력이 별로라는 뜻 **맞거든**, 넬이 끼어든다.

과자를 뜯어내려고, 치에가 조용히 말한다.

러시아인들이 연유에 너무 집착하는 것 같지 않아? 숀이다. 어느새 숀은 허구한 날 그렇듯 동료들 위에 둥둥 떠서 치아 뒷면에 낀 벌집 꿀을 빼내는 중이다.

미국의 문제가 그거야, 로만이 대꾸한다. 음식에 연유를 너무 안 넣어. 사실 전 세계의 문제지.

피에트로는 냉장고로 가다 말고 공중제비를 깔끔하게 한 바퀴 돌고 말한다. 나는 어릴 때 갈라티네라는 사탕을 먹었는데, 완벽한 우유 맛 간식이야.

치에는 주머니에서 꺼낸 티슈로 입가를 닦으며 말한다. 요즘 일본에 **막과자점**은 거의 다 사라졌어. 대부분 기념관으로 바뀌었더라. 이제는 그냥 편의점만 있지.

넬은 한 손바닥에서 다른 손바닥으로 벌집 꿀 조각

을 밀어 보내며, 그게 셔틀콕처럼 미끄러지는 모습을 지켜본다. 안톤은 아주 열심히 진지하게 남은 생선 살들을 포크로 긁어모으고 있다. 마치 남들이 보는 것과 달리 통조림이 무척이나 깊고 또 복잡하다는 듯이. 여전히 동료들 위에 있는 숀은 물에서처럼 등을 대고 떠 있다. 그리고 요즘 들어 어린이 손 같기도 플란넬 천 같기도 한, 부쩍 연해진 손을 바라본다.

우주선이 무언가를, 아마도 틀림없이 우주 쓰레기를 피해 가려고 방향을 튼다. 추력기의 순간적인 힘이 이들을 어르듯 뒤쪽으로 밀어내어 몸이 가볍게 뒤로 밀리지만, 여섯 명은 거의 알아차리지 못한다.

치에가 불쑥 말을 꺼낸다. 원래는 가족들이 내가 올 때까지 장례식을 미루겠다고 했는데, 내가 그러기 싫어서 내일 장례식이 열려.

치에는 돌아가면 해변의 시코쿠 정원에 가서 엄마의 유해를 뿌리기로 했다고 말한다. 자꾸 집 생각이 나. 앞마당에 있는 엄마랑 아빠가.

숀이 벽에 붙은 디스펜서에서 냅킨을 꺼내 치에에게 건넨다. 하지만 치에는 울지 않는다. 냅킨을 건네받는 치에는 데면데면하다. 건네는 게 손인 줄도 모르는 것처럼. 집이라는 단어가 이들 사이에 내려앉는다. 치에가 젓가락에 줄줄이 꽂아 놓았던 올리브 알들을 도로 팩에 넣는다. 그런 뒤 테이블에 젓가락을 고정해 두고 엄마와 시코쿠산을 올랐던 추억을 이야기하기 시작한다. 팔을 쭉 벌려 그 산이 얼마나 거대했는지 표현한다. 계속 쥐고 있던 냅킨은 나부끼는 깃발이 된다. 치에의 엄마는 그녀보다 먼저 정상에 도착했다고 한다. 휘몰아치는 바람을 받으며, 엄마는 신나게 팔을 흔들면서 **치에 짱! 치에 짱! 여기 있어, 엄마 여기 있어!** 하고 외쳤다. 이것이 어른이 된 그녀가 엄마와 함께한 가장 행복한 추억이다. 그때 엄마는 건강했고 늘 즐겁게 살았다. 그 순간 어느 때보다 안전하고 엄마에게 사랑받는다고 느꼈어, 하고 치에가 말한다. **치에 짱! 엄마 여기 있어!** 했던 엄마가 요즘 자꾸 생각나.

조용해진 치에는 냅킨을 주머니에 쑤셔 넣는다. 몇 달을 부대끼며 지내면서도 치에는 단 한 번도 자기 속 이야기를 이렇게까지 꺼내 보인 적이 없었다. 우주로 오기 전 몇 년을 함께 훈련하면서도 마찬가지였다. 모두가 조금씩은 겉돌고 마음을 닫고 살았지만 그중에서도 치에는 특히 그랬다. 안톤은 자신이 울고 있다는 걸 깨닫는다. 눈물 네 방울이 동동 떠다닌다. 안톤과 치에가 손바닥을 내밀어 눈물방울을 잡는다. 여기서는 액체가 돌아다니게 둬서는 안 된다. 그 점에 있어서는 모두가 철두철미하다.

들려요? 로만이 말한다.
 들려요. 반대편 목소리가 대답한다.
 좋네요. 나는 로만이에요.
 안녕하세요, 로만. 나는 테레즈예요.
 테레즈, 나는 러시아 우주비행사입니다.
 와. 영어 괜찮으세요? 내가 러시아어를 잘 못해요.
 걱정하지 마세요. 러시아어는 다들 잘 못하니까요.
 여기는 밴쿠버 외곽이에요.
 멋지네요. 오래전 밴쿠버에 가 봤어요.
 나는 우주에는 한 번도 못 가 봤네요.
 그럴 줄 알았죠.
 실은 바라지도 않아요.
 궤도를 지나기까지 이제 6, 7분 남았어요. 곧 신호가 끊길 거예요. 묻고 싶은 게 있나요?

음, 로만, 궁금한 게 있기는 해요.

말해 봐요.

맥이 빠진다고 느낀 적은 없나요?

맥이 빠진다?

네. 한 번이라도 있나요?

모르는 표현인데, 무슨 뜻이에요?

뜻요? 음, 이게 다 무슨 소용인가, 의문이 든 적 있냐는 뜻?

우주에 있는 게요?

네. 궁금해요. 우주에서 잠들 때 문득 왜 이러고 있지? 하고 생각해 본 적 없어요? 이상하다고 생각해 본 적 없어요? 양치할 때 그런 생각이 든다거나. 나는 장거리 여행을 하다가 비행기에서 그랬던 경험이 있어요. 화장실에서 이를 닦다가 창밖을 봤는데 갑자기 그런 생각이 들더군요. 왜 이를 닦지? 나쁜 뜻은 아니었고, 그냥 이를 닦는 내 존재의 의미가 뭔가 싶어서 맥이 빠져 버렸어요. 그냥 우두커니 멈춰 버린 거죠. 이해했어요? 혹시 내가 너무 빨리 말하나요?

무슨 말인지 이해했어요.

그런데 가끔은 자려고 누워서도 그런 느낌을 받아

요. 이불을 끌어당기며 그날 그 비행기에서의 일을 생각하면 숨이 탁 막혀요. 어깨가 처지고 맥이 빠져요. 슬퍼져요. 이유는 모르겠어요.

맥이 빠진다. 그러니까, 우울해진다는 소리인 거죠?

실망감일 수도 있고 허탈함일 수도 있고. 맞아요, 의욕이 사라져요.

내가 그렇게 느끼는지 궁금한가요?

왜냐면 당신들이 거기서 어떻게 자는지 사진으로 봤거든요. 작은 전화 부스 같은 데서 침낭을 걸어 놓고 자던데 진짜 불편해 보여요. 이런 말을 해도 되는지 모르겠지만 어이없어요. 그래서 궁금했어요. 거기까지 가려면 얼마나 힘든지 아는데, 그 고생을 해 놓고 그러고 있으면 이게 다야? 라고 생각하지 않으세요? 힘 빠지는 결말 같지 않던가요? 이해하셨어요?

어이없다라.

기분 상하셨군요.

아뇨, 아뇨, 생각 중이에요.

미안해요.

우리 침낭에 관해 말하고 싶은 게 있어요, 테레즈. 걸려 있는 건 맞는데 우리는 대부분 고무 끈으로도 고정해 두지 않아요. 그냥 자유롭게 떠 있는 셈이죠. 무척 편하답니다. 그런데 처음 여기 온 날 밤 침낭을 봤을 때는 뭐였더라? 그래, 맥이 빠졌어요. 앞으로 몇 달 동안 이게 내 잠자리라는 사실에 맥이 빠지더군요. 그러다 무언가를 깨닫고 미소가 지어졌어요. 정확히 말해 침낭은 그냥 걸려 있는 게 아니었어요. 걸려 있지 않죠. 왜냐면 중력이란 게 없으니 무거워진다거나, 뭐더라…

맥없다? 늘어진다?

맞아요. 그러지 않고 그냥 **부풀어** 있어요. 딱 맞게 바람을 맞으며 항해하는 배의 돛처럼 살짝 부풀어 올라 있죠. 그러니까 궤도에 머무는 한은 괜찮아요. 맥이 빠지는 일은 절대 없어요. 집이 그리울 수도 있고 지칠 수도 있고 케이지에 갇힌 짐승처럼 느껴질 수도 있고 또 외로워질 수 있지만 절대, 절대 맥이 빠지지는 않아요.

맥이 빠져나가는 게 아니라 들어오는 건가요? 모든 게 살아 있는 것 같고? 침낭이 살아 있는 것처럼요.

맞아요, 정확해요.

이제 잘 안 들리네요.

이런.

밤이면 하늘을 지나는 우주선 빛을 볼 수 있을 텐데

아쉬워요.

그래도 우리는 지나가고 있어요.

내 남편은 세상을 떠났어요. 이건 그 사람 무전기인데…

미안해요, 테레즈. 신호가 끊기네요.

여름에, 죽었어요.

미안합니다, 테레즈…

여보세요, 들려요? 여보세요?

사랑해, 보고 싶어. 숀은 편지를 쓴다.

〈시녀들〉 엽서 뒷장에는 아내의 손 글씨가 쓰여 있다. 왼손으로 꽉꽉 눌러 뒤로 비뚜름하게 기운 글씨들은 각졌고 씩씩하다. 이것이 **그립다**. 하지만 오늘 당장 집에 돌아갈 기회가 생긴다고 해도 숀은 절대 돌아가지 않을 것이다. 몇 달 후 돌아갈 날이 오더라도 돌아가기 싫을 것이다. 고소 공포와 향수병을 일으키는 우주라는 약에 그는 중독되었다. 이곳에 있기 싫지만 동시에 늘 이곳에 있고 싶은 마음. 갈망으로 긁힌 마음은 움푹 파였지만 텅 비어 있지 않다. 오히려 그만큼 많이 채울 수 있다. 궤도에서 바라보는 풍경은 이렇다. 당신을 두둥실 부푼 연으로 만든다. 당신이 아닌 모든 존재가 연의 모양을 잡고 높이 띄운다.

숀은 노트북 위에 남은 공간에다 엽서를 띄워 둔다. 엽서는 발레를 하듯 천천히 부유한다. 임박한 달 착륙을 주제로 기사를 쓴다며 보내온 질문이 이메일로 도착했다. 같은 질문에 배우, 물리학자, 학생, 화가, 작가, 생물학자, 택시 기사, 간호사, 금융업자, 발명가, 영화감독, 그리고 우주비행사 숀이 답하게 되었다. 질문은 이것이다. **우주여행의 새 시대에 우리는 인류의 미래를 어떻게 써 내려가고 있는 걸까요?**

인류의 미래. 숀은 그에 대해 뭘 알고 있는가? 자기보다는 택시 기사가 더 많은 걸 알고 있을 것이다. 지난 몇 년간 숀은 마음을 깎아 내고 또 깎아 내어 작은 점으로 만들었고, 그것으로 곧장 닥칠 몇 순간을 무서우리만치 또렷이 볼 수 있게 되었다. 다른 것은 너무 많이 생각하지 않도록 훈련받았다.

얼마큼 밀폐 공간을 견딜 수 있는지 알아보기 위해 일주일 동안 깊은 동굴 훈련장에서 극도로 적은 식량을 가지고 네 사람과 함께 지내며 몸보다 아주 살짝 큰 구멍들을 몇 시간씩 기어 지나다니고 세상에서 가장 강인한 사람들조차 패닉에 빠지는 모습을 지켜보다 보면 반 시간 후의 일은 생각도 하지 않게 된다. 하물며 **미래**라고 부를 수 있을 만한 것은 아예 생각하지 않는다. 우주복을 입고 거동도 힘든데 아프게 쓸리고, 간지러운 곳을 몇 시간 동안이나 긁을 수 없고, 몸이 따라 주지 않고, 벗어날 수 없는 곳에 파묻힌 듯하고, 관에 들어가 있는 것 같은 상태에 적응하려고 애쓰다 보면 바로 다음 호흡에만 신경 쓸 수밖에 없다. 산소를 너무 많이 쓰지 않도록 얕게만 호흡하되 너무 얕으면 안 된다. 그다음 호흡도 신경 쓸 처지가 아니다. 오직 이번 호흡에만 집중한다. 달이나 핑크빛으로 물든 화성을 볼 때도 인류의 미래는 생각나지 않는다. 당신이나 당신이 아는 사람이 운 좋게 저곳까지 갈 수 있는 논리적 확률을 생각할 따름이다. 이기적이고 집요하며 뻔뻔한 자신의 인간성을 생각해 본다. 발사대까지 오르려고 수천 명을 밀쳐 낸 자신에 대해. 자기 의지대로 밀고 나가면서 그 길에 있는 모든 걸 태워 버리겠다는 신념이야말로 당신에게 우위를 주지 않았던가?

우주여행의 새 시대에 우리는 인류의 미래를 어떻게 써 내려가고 있는 걸까요?

인류의 미래는 이미 쓰였다고, 숀은 생각한다.

우주탐사 역사에서 이토록 흥미진진하고 중대한 때가 있을까, 그는 첫 문장을 써 내려간다.

그때 피에트로가 반대편 방으로 들어가려고 지나친다. 숀이 그에게 묻는다. 피에트로, 우주여행의 새 시대에 우리는 인류의 미래를 어떻게 써 내려가고 있는 걸까?

요란한 팬 소음에 피에트로는 실눈을 뜨고 손을 오므려 귀 주변을 감싼다.

목소리를 좀 더 높인다. 우주여행의 새 시대에 우리는 인류의 미래를 어떻게 써 내려가고 있는 걸까?

인류의 미래? 피에트로가 되묻는다.

응. 우리가 어떤 미래를 쓰고 있는 거야?

갑부가 준 뻔쩍이는 펜으로 쓰고 있지 않나.

숀이 웃는다.

누가 엽서를 보냈나 봐? 피에트로가 장난스럽게 말하며 숀이 있는 방의 문가로 다가와 자유롭게 떠다니는 〈시녀들〉 그림엽서를 보고 고개를 끄덕끄덕한다.

아내가. 15년 전에.

피에트로는 계속 고개를 끄덕이고, 숀은 공중의 엽

서를 낚아채 피에트로에게 건넨다.

뒷장을 읽어 봐, 손이 말한다.

싫은데.

됐고, 어서 읽어 봐.

손의 아내는 엽서 뒷장에다 이렇게 적어 놓았다. **이 그림의 주제가 뭐게? 누가 누구를 보고 있는 걸까? 화가가 왕과 왕비를, 왕과 왕비가 거울 속 자신들 모습을, 감상자가 거울 속 왕과 왕비를, 또 화가를, 화가가 감상자를, 감상자가 공주를, 감상자가 대기 중인 시녀들을 보는 걸까? 인생이라는 거울 미로에 온 걸 환영해.**

아내가 원래 이렇게 시시콜콜한 이야기에 집착하는 편이야? 피에트로가 묻는다.

손은 대답한다. 절대 지치지 않지.

잠시 그림을 보던 피에트로는 좀 더 살피다가 말한다. 개야.

뭐?

네 아내 질문에 답하자면, 그림의 대상은 개야.

피에트로가 엽서를 돌려준 뒤 뼈가 도드라진 손의 어깨를 짚고 멀어져 간다. 그제야 손은 엽서 속 전경에 있는 개를 본다. 지금까지 주의 깊게 본 적이 없었는데 이제는 개 말고는 보이지 않는다. 개는 눈을 감고 있다. 시선과 응시가 전부인 그림에서 어디도, 누구도, 무엇도 보고 있지 않은 유일한 존재가 바로 이 개다. 인제 보니 참 크고 잘생겼다. 또 아주 눈에 띈다. 졸고 있지만 맥을 못 춘다거나 바보처럼 보이는 구석이 없다. 발을 쭉 뻗었고 고개는 꼿꼿하며 당당하다.

이렇게 치밀하게 짜이고 상징적인 그림에서 이건 우연일 리가 없다. 갑자기 피에트로 말이 옳다는 생각이 든다. 피에트로는 이 그림을 이해했다. 적어도 그의 말이 손으로 하여금 그림을 전혀 다른 눈으로 보게 했다. 이제 손은 화가나 공주나 키 작은 사람이나 군주를 보지 않는다. 그가 보는 것은 개의 초상화다. 인간의 이상함에 둘러싸인 동물. 온갖 별난 소맷동과 주름 장식과 실크 옷과 자세, 거울과 각도와 시점 들. 이제 와서 보니 동물처럼 보이지 않으려 애쓰는 모습이 얼마나 우스운가. 그림에서 하나도 우스꽝스럽지 않고 허영의 그물망에 걸리지 않은 존재는 개뿐이다. 그림에서 막연하게나마 자유롭다고 말할 수 있는 유일한 존재다.

궤도 11

모든 게 돌고 지나간다.

  이렇게 생각하며 엽서를 주머니에 도로 집어넣는 손은 문득 질문이 우습게 느껴진다. **인류의 미래를 어떻게 써 내려가고 있냐니?** 우리는 아무것도 써 내려가지 않는다. 오히려 써 내려지고 있다. 우리는 바람에 나부끼는 잎사귀다. 바람이라고 생각하지만 사실 우리는 그냥 잎사귀다. 참 이상하지 않은가. 인간으로서 하는 모든 행동이 도리어 우리를 확실히 동물로 만든다는 것이. 영원히 스스로를 응시하며 무엇이 우리를 다르게 만드는지 알아내려 애쓰는 걸 보면 우리는 얼마나 불안정한 종족인지. 우리는 위대하고 독창적이고 호기심 많은 존재로서 우주를 개척하고 미래를 바꾸지만, 사실 다른 동물은 못 하고 인간만이 할 수 있는 일은 하나, 불을 피우는 것뿐이다. 그게 유일한 듯 보인다. 물론 그것이 모든 것을 바꿔 놓았지만, 그뿐이다. 우리는 다른 존재들보다 부싯돌 몇 번 부딪친 것만큼 앞서 있을 뿐이다. 침팬지들도 우리를 지켜보며 학습한다면 불을 피울 수 있을 것이다. 어느새 그들도 모닥불 주위로 모여들고 좀 더 추운 지방으로도 이주하고 스스로 음식을 요리하고 당신이 할 줄 아는 그런 일들을 하게 될 것이다.

숀은 달로 떠난 우주비행사들을 위해, 애도하는 치에를 위해, 태풍의 경로에 사는 사람들을 위해 기도한다. 라오스 자연보호구역에 갔던 때가 떠오른다. 아침이 되면 그곳을 지키는 긴팔원숭이들의 이중창이 돌림 노래처럼 우거진 숲속에 울려 퍼졌다. 이곳에 있는 여섯 명 또는 지금 달을 향해 가고 있는 우주비행사들을 생각하면 그때 그 강렬한 울음이 들린다. 우리가 우주에 와서 하는 일이 그것이다. 영역을 넓히면서 우리 종족의 존재를 주장한다. 우주는 아직 정복하지 못한 황야다. 우리가 모험을 떠나 온 태양계는 지구의 변방이 족족 발견되고 강탈당한 지금 새로이 드러난 변방이다. 우주탐사라는 위대한 시도의 의미는 결국 동물의 이주, 생존을 위한 노력이라고 숀은 생각한다. 탁 트인 세상을 향해 보내는 돌림노래, 영역 동물의 노래.

눈을 감으면 희미하게 메아리치는 긴팔원숭이의 울음을 들을 수 있다. 혼자 의젓하게 있는 그림 속 개도 볼 수 있다. 평생 말을 만져 본 적은 손에 꼽지만 말의 따스한 목덜미에 손을 얹는다고 상상하면 부드럽고 기름진 털을 느낄 수도 있다. 뒷마당 나무 사이를 쌩하고 날아가는 어치. 황급히 몸을 숨기는 거미. 물속에서 어른거리는 창꼬치. 입에 새끼를 물고 가는 땃쥐. 말도 안 되게 높이 뛰는 토끼. 별을 보고 방향을 읽는 풍뎅이.

지상의 어느 생물을 고르든지 그 생물의 이야기가 곧 지구의 이야기가 되리라고, 문득 생각해 본다. 그 한 생물이 모든 걸 말해 줄 것이다. 세상의 모든 역사를, 다가올 모든 미래를.

저녁에 치에는 어김없이 쥐들을 확인하러 간다. 그런데 모니터를 보고 기적이 일어났다는 것을 깨닫는다. 쥐들이 원을 그리며 날고 있다. 일주일이라는 시간이 걸렸으나 쥐들은 격자로 된 케이지 창살에 부딪히지 않으면서 돌아다니는 법을 익히고 미세중력에 적응했다. 지금 이것은 기쁨인가 아니면 광기인가? 비좁은 상자 속에서 쥐들은 작은 마법 양탄자처럼 빙빙 돌고 있다. 그걸 보면 이것은 기쁨이 틀림없다. 그렇게 보인다. 치에는 쥐들을 잡아 보고 싶어서 까닭 없이 쥐들을 상자 밖으로 꺼내러 간다.

그 순간 처음으로 압도적인 슬픔이 찾아온다. 찌릿하거나 주먹을 내리꽂는 듯한 통증과 달리 은밀하게 숨통을 조인다. 치에는 난간을 부여잡고 숨을 고른다. 우주선 안은 윙윙 돌아가는 기계다. 치에는 시계 내부에 살고 있고, 그 시계는 그녀의 뼈를 갈며 째깍째깍 돌아간다. 그리고 치에의 엄마는 산꼭대기에 있다. 파란색과 흰색 줄무늬 상의에 단정한 A자 치마, 워킹화 차림을 하고 있어서 소녀부터 젊은 엄마, 나이 많은 할머니까지 한꺼번에 여러 나이대를 연상시킨다. 엄마는 달콤하고 깊은 목소리로 외치고 있다.

치에는 난간을 잡고 있던 손을 풀고 몸을 공처럼 만다. 그대로 공중에 떠 있다. 엄마의 장례식은 하필 달 착륙 날이다. 숨을 내쉰다. 아마 이상한 소리가 났을 테지만 모듈 소음이 워낙 커서 그녀 귀에 들리지 않는다. 떠다니는 법을 완전히 익히고 나면 기우뚱하지 않고 떠 있을 수 있다. 지금 치에가 그렇다. 무릎과 턱을 붙인

채로 모듈 한쪽 끝에서 다른 쪽 끝으로 천천히 떠간다. 그러다 가볍게 쿵 출입구와 부딪힌다. 튕겨 나온 몸이 다시 모듈 중앙으로 향한다.

바깥의 밤이 대서양 한복판에 시꺼먼 날개를 드리우고, 그렇게 지구는 자취를 감춘다.

가끔은 다리를 가슴팍에 끌어안고 공중제비를 도는 것밖에 할 게 없어 보이는 때가 있다. 숀은 방 밖으로 나와 3세제곱미터 되는 공간에 들어가 있다. 넬과 피에트로는 실험실에서 영화를 볼 준비를 한다. 로만과 안톤은 러시아 모듈에서 카드를 눌러 주는 원형 자석을 칩으로 사용해 포커를 한다. 치에가 있는 실험실 선반에서는 여전히 쥐들이 날고 있다. 치에는 팔을 쭉 뻗어 풍차 돌듯 몸을 뒤집는다.

팔을 벌려 앞뒤로 공중제비를 돌며 무중력의 기적을 생각해 본다. 처음 이곳에 왔을 때는 무중력 상태에 당황했었다. 아무리 헤매도 어디가 위인지 좀처럼 감을 잡을 수 없었다. 몸은 계속 저항을 갈망했으나 이곳에는 저항할 게 없었다.

여기 도착했을 때 이들은 몇 시간, 길면 며칠씩 우주

멀미를 앓았다. 자꾸만 주변 사물에 부딪혔다. 너무 빠르게 돌진하거나 갑자기 몸이 움직였다. 메스껍다 보니 잘 때는 안대를 하고 매달려 있어야 했다. 머릿속으로는 누워 있다고 애써 생각하며. 그러나 머지않아 몸이 변화를 받아들인 것처럼 느껴졌다. 말하자면 일종의 평화 유지 차원의 받아들임이었다. 큰마음을 먹고 공중제비를 돌았다. 그러자 마음도 뒤따라 움직여 그제야 이해가 가기 시작했다. 이들은 지구의 낮이나 밤 풍경이 펼쳐진 창가에 떠 있다가 새삼 자신들이 추락하고 있음을 깨달았다. 이들은 정말로 중력이 없어 무중력 상태인 것이 아니었다. 이곳은 지구와 가깝고 중력이 충분히 존재한다. 하지만 이들은 계속해서 자유낙하 상태다. 그러니까, 나는 게 아니라 추락하고 있었다. 시속 1만 7000마일이 넘는 속도로. 물론 충돌하지는 않는다. 이들은 과거에 이론으로만 이해했던 것을 실제로 볼 수 있었다. 지구는 정확히 우주선이 이동하는 속도대로 빠르게 자유 낙하하는 우주선을 비껴가기 때문에 둘은 영원히 충돌하지 않는다. 술래잡기하는 고양이와 쥐처럼. 우주선 안에 있는 이들의 무중력 상태는 롤러코스터가 떨어지는 순간 같다. 일하고, 달리고, 잠자고, 먹는 동안에도 이들은 계속 급하강한다.

우주선 안에서 이들은 앞으로 갔다 뒤로 갔다 공중제비를 돈다. 어떤 때는 지구를 돌며 하염없이 추락하고 있는 동안 할 수 있는 일이 그것뿐이기 때문이다.

궤도 12

지구로 재진입하다 몸에 외계인이 들어간 두 우주비행사가 나오는 러시아 영화 화면 앞에 여섯 명이 떠 있다. 여섯 명은 박하사탕 팩도 한 바퀴 돌려 나눠 먹는다. 영화가 끝날 무렵, 모두 팔을 일자로 뻗고 고개를 까딱이며 떠다닌다. 잠든 모습이 무척 평화로워 보인다.

피에트로는 옅은 미소를 머금고 있다. 숱 많은 머리 덕에 소년처럼 보이고 표정은 언제나처럼 희망이 넘친다. 넬은 뺨이 상기되어 있고 박하사탕의 끝맛을 여전히 음미하는 듯 입술을 오므리고 있다. 로만은 눈썹에 힘이 들어간 걸 보면 무언가에 흡족하게 심취해 있어 함부로 방해해서는 안 될 것 같은 분위기를 풍긴다. 손은 유달리 퍼져 있다. 남들보다 팔도 더 대자로 벌린 채 고개를 뒤로 넘겼다. 치에는 부러질 것처럼 손이 꺾여 있고, 눈꺼풀이 각성하듯 움찔거리며, 하나로 묶은 머리가 언제나처럼 일자로 곧게 솟아 있다. 잠들어 있는데도 언제든 벌떡 일어날 것만 같은 느낌을 준다. 안톤은 그의 아이들에게 몹시 바라던 선물을 주기라도 한 것처럼 기뻐 보인다. 공중에 떠 있는 손은 반쯤 주먹을 쥐고 있는데, 엄지손가락 뿌리 근육이 이따금 실룩인다.

영화는 클라이맥스에 다다라 시끄러워진다. 우당탕통탕 격투가 벌어지고 음악이 찢어질 듯 고조된다. 그러나 이곳에서는 다들 소음에 익숙하다. 아무도 깨지 않는다.

궤도 13

우주와 생명의 역사를 세는 우주력은 대략 140억 년 전 빅뱅이 일어난 때를 1월 1일로 잡고서 시작된다. 그날 우주를 농축한 초강력 에너지 입자가 빛보다 빠른 속도와 섭씨 1000조도 이상의 열기로 폭발했다. 폭발은 자신이 창조한 우주 속에서 일어났다. 그 전까지는 우주나 다른 무엇이 전혀 존재하지 않았기 때문이다. 1월 말 최초의 은하들이 탄생했다. 한 달 가까이, 10억 년 동안 원자들이 우주에서 소란스럽게 움직이다가 수소와 헬륨으로 끓는 빛을 터트리며 뭉치기 시작했다. 우리는 그것을 별이라 부른다. 그렇게 별들이 모여 은하를 이루다가 거의 20억 년이 흐른 3월 16일 우리은하가 만들어졌다. 60억 년의 여름이 일상적인 혼란 속에 지나갔다. 그러다 8월 말 아마도 초신성의 충격파가 천천히 회전하던 태양 성운을 붕괴시켰을까? 어찌 되었건 태양 성운은 그렇게 붕괴했고, 응축된 중심부에서 우리가 태양이라 부르는 별이 탄생했다. 주위에는 행성들이 원반 형태로 있었다. 쿵쾅대며 충돌하고 부딪치고, 암석과 가스가 거친 서부 총격전을 벌이고, 물질과 중력이 격전을 치르며 8월이 흐른다.

나흘 후 지구가 나타났다. 하루가 더 지나서는 달이 생겼다.

9월 14일, 40억 년 전(쯤으로 일부가 추정하는 때에) 어떠한 생명체가 탄생했다. 이 용감무쌍한 단세포 생명체는 저절로 존재하기 시작했다. 아무 생각도 없었고, 자신이 어떤 난장판을 일으킬지도 몰랐다. 그리고 2주 후인 9월 30일, 이 박테리아 중 일부가 적외선을 흡수하고 황산염을 생성하는 법을 터득했다. 한 달 후에는 가시광선을 흡수하고 산소를 생성하는 위업을 달성했다. 지구는 오랫동안 허파랄 것이 없었으나, 바로 이때 우리가 내쉬고 내뱉으며 살아가는 산소가 만들어졌다. 그리고 12월 5일 다세포 생명체가 나타났다. 빨간색, 갈색, 마지막으로 녹색 조류가 햇빛이 비치는 얕은 물에서 무한한 형광을 발하며 번식했다. 12월 20일 식물이 육지에 뿌리를 내렸고, 우산이끼와 이끼는 줄기와 뿌리 없이도 존재했다. 그리고 불과 수천 년 만에 관속식물과 풀과 양치류, 선인장류, 나무들이 자라났다. 깨진 적 없던 지구 토양은 이제 구불구불 뚫고 내려가는 뿌리를 만나 수분을 약탈당했으나 이내 구름에서 다시금 수분을 보충받았다. 성장하고 부패하고 다시 성장하는 시스템 속에서 생명체들은 물과 빛을 차지하기 위해, 더 높이, 더 넓게, 더 푸르게, 더 찬란하게 성장하려고 치열하게 다퉜다.

아직 예수는 태어나지 않았으나 크리스마스 날에 이르렀다. 2억 3000만 년 전쯤, 공룡이 등장해 닷새간 영광의 시절을 누린 끝에 멸종했다. 적어도 육지에 살던 공룡들은 확실히 싹쓸이당했다. 뚜벅뚜벅 걷고 달리고 나무를 와그작 먹던 공룡들이 사라지면서 빈자리가 생겼다. **모집 공고―육지에서 살 생물체를 모십니다. 시간 낭비자는 사절, 들어와서 지원할 것**. 지원할 존재가 포유류 말고 또 있었을까. 새해 전날 늦은 오후부터 재빨라지더니 누구보다 기회주의적이고 교활한 형태로 진화한 존재, 불을 피우고, 돌을 쪼개고, 철을 녹이고, 땅을 갈고, 신을 숭배하고, 시간을 세고, 배를 타고, 신발을 신고, 곡물을 사고팔고, 육지를 발견하고, 제도를 수립하고, 음악을 짓고, 노래를 부르고, 물감을 섞고, 책을 엮고, 숫자를 처리하고, 화살을 쏘고, 원자를 관찰하고, 몸을 꾸미고, 알약을 삼키고, 사소한 것에 연연하고, 고민하고, 마음을 가졌고, 또 마음을 잃고, 모든 것을 약탈하고, 죽음을 논하고, 과잉을 사랑하고, 과잉으로 사랑하며, 사랑 때문에 방황하고, 사랑을 결여했으나 사랑이 없어 허전함을 느끼고, 그래서 사랑을 갈망하고, 갈망을 사랑하는, 두 다리를 가진 인간이라는 존재가 아니고는. 자정을 6초 남기고 부처가 등장했다. 그로부터 0.5초 후에 힌두교 신들이, 또 0.5초 후에는 예수가, 1.5초 후에는 알라가 세상에 나왔다.

    우주년宇宙年이 저물어 가는 마지막 순간에는 산업화를 시작으로 파시즘, 연소 기관, 아우구스토 피노체트, 니콜라 테슬라, 프리다 칼로, 말랄라 유사프자이, 알렉산더 해밀턴, 비브 리처즈, 러키 루치아노, 에이다 러브레이스가 존재했고,

    크라우드 펀딩, 분열 원자, 명왕성, 초현실주의,

    플라스틱, 아인슈타인,

    플로조, 시팅 불, 베아트릭스 포터, 인디라 간디, 닐

스 보어, 캘러미티 제인, 밥 딜런, 랜덤 액세스 메모리, 축구, 자갈 섞은 시멘트, 친구 차단 기능, 러일 전쟁, 코코 샤넬,

항생제, 부르즈 할리파, 빌리 홀리데이, 골다 메이어, 이고르 스트라빈스키, 피자,

보온병, 쿠바 미사일 위기,

서른 번의 하계 올림픽, 스물네 번의 동계 올림픽,

가쓰시카 호쿠사이, 바사르 알아사드, 레이디 가가, 에릭 사티, 무하마드 알리, 딥스테이트, 세계 대전,

비행,

사이버 공간, 철강, 트랜지스터,

코소보, 티백, W. B. 예이츠,

암흑 물질, 청바지, 증권 거래소, 아랍의 봄,

버지니아 울프, 알베르토 자코메티,

우사인 볼트, 조니 캐시,

산아 제한,

냉동식품,

용수철 매트리스,

힉스 입자,

동영상,

체스가 탄생했다.

물론 우주는 자정이 되었다고 끝나지 않는다. 시간은 늘 그렇듯 허무하게, 우리를 무찌르며, 살고자 하는 우리의 의지에 경악스러우리만치 무감각한 채로 계속 흘러간다. 우리를 쏘아 쓰러트리면서. 눈 깜짝할 사이에 두 번째로 맞이한 천 년도 곧 지나갈 것이다. 지상 존재는 불행한 어느 별의 에너지를 가져다 남김없이 들이켜는 외골격-인공두뇌-기계-죽지 않는-사후 존재가 되어 있다.

우주력이 아직 대부분 일어나지 않은 시간까지 다 아우르는 것이라고 한다면, 앞으로 두 달 안에 구슬 같은 근사한 지구에 무슨 일이든지 일어날 수 있다. 생명체의 관점에서 희망찬 일은 하나도 없다. 떠도는 별 하나가 태양계 전체와 지구를 뒤흔들 수도, 운석 충돌로 대멸종이 벌어질 수도, 지구의 자전축 기울기가 커질 수도, 궤도가 휘고 밀려나 몇몇 행성이 쫓겨날 수도 있다. 확실한 것은 대략 넉 달 후, 그러니까 50억 년 후에는 연료를 다 소진한 태양이 적색 왜성으로 팽창해 결국 수성과 금성을 집어삼키리라는 것이다. 지구는 그때까지 살아남는다고 쳐도 바짝 시들고 건조해져 바다가

끓다 메말라 버릴 것이고, 그렇게 백색 왜성 흑색 왜성 죽어 가는 태양이 있는 지긋지긋한 궤도에 갇힌 잉걸불로 남을 것이다. 그러다 끝내 궤도가 쇠하고 태양이 우리까지 먹어 치우면, 쇼는 모두 끝이다.

이것은 국지적인 장면에 불과하다. 작은 소동, 미니드라마다. 우리는 충돌하고 부유하는 우주에 갇혀 있다. 최초의 빅뱅으로 우주가 쪼개지며 길고 느리게 퍼져 나간 잔물결 속에 우리가 있다. 가까이 있는 은하들은 서로 충돌하고, 남은 은하들은 서로를 피해 흩어진다. 그렇게 홀로 떨어지고 나면 스스로 팽창하는 공간, 저절로 탄생하는 공허만이 남는다. 그때도 존재할 우주력에서 인간이 무엇을 했고 존재했는가는 1년 중 딱 하루, 찰나에 깜빡였다 사라지는 빛이어서 누구도 기억하지 않을 것이다.

지금 우리는 무상하게 피어난 삶을 살고 있다. 광란의 존재가 딱 한 번 손가락을 튕기면 모두 끝나리란 것도 안다. 여름에 터져 나오는 이 생명은 새싹보다 폭탄에 가깝다. 이 풍요의 시간이 빠르게 지나가고 있다.

(영화를 보다 잠든 여섯 우주비행사가 늦게, 아주 늦게서야 어리

둥절해하며 잠에서 깬다. 낮이야, 밤이야? 달에는 도착했대? 지금이 무슨 세기 무슨 해더라?

새벽 1시 30분이다. 엄격히 정해진 취침 시간보다 몇 시간이 지나 있다. 이들은 임무 통제실이 밤에는 감시 카메라를 꺼 놓아서 참 다행이라고 반쯤은 장난스럽게 생각한다. 아니었다면 이들은 모두 곤란해질 것이다.

잠에 취해 혼란스러운 사이로 이런 생활이 얼마나 기이한지가 새삼 와닿는다. 여섯 명은 모듈 한가운데 둥그렇게 모여 서로를 멀뚱히 쳐다본다. 마치 오랫동안 떨어져 있다가 막 재회한 사람들처럼. 어떤 말이나 이유도 없이, 여섯 명이 안쪽으로 모이고 열두 개 팔이 서로 엉킨다. **부오나 노테, 오야스미, 스파코이노이 노치**, 좋은 꿈 꿔, 잘 자. 어깨를 두드리고 머리를 헝클어트린다. 그런 다음 뒤로 나와 환한 햇빛이 쏟아지는 창밖의 플로리다를 잠깐 본 뒤 각자 방으로 향한다. 어두운 수면실 안에서 모두 다시 잠에 빠져든다.)

궤도 14, 상행

말할 수 없는 평화와 침묵 속에 태풍이 상륙한다. 이들이 있는 곳은 고요하고, 밤의 태양 전지판들은 구릿빛이다. 인도양의 어둠은 엉겨 뭉치는 구름에 자리를 내주고 태풍은 두툼한 흰색 덩어리로 달빛에 반짝인다. 궤도는 북동쪽으로 이동해 말레이시아, 인도네시아, 필리핀을 지나지만, 지금 이 섬들은 보이지 않는다.

모두가 잠든 이곳에서는 누구도 이 광경을 보지 못한다. 새벽 2시가 넘은 우주선은 어둡고 윙윙 소리만이 울린다. 커다란 돔 창가 너머로 보이는 것은 원근감 없이 드넓게 펼쳐진 태풍뿐이다. 태풍의 동쪽에 나선팔이 비죽 나와 있고, 주변 수백 마일에 구름이 휘몰아치고 있다. 누구든 이걸 본다면 소용돌이치는 지구의 모습에 아찔해질 것이다.

구름 지붕 아래 있는 사람들은 자동차 문짝이 날아가고 그 뒤로 물결 모양 철판이 날아가는 것을 본다. 뿌리 뽑힌 나무가 벤치를 들이박고 벤치가 자전거를 들이박고 자전거가 도로를 가로질러 날아가던 광고판을 들이박는 것을 본다. 학교 전체가 날아가는데 책상을 쌓아 올려 그 뒤에 웅숭그려 몸을 숨긴 아이들 50명도 본다. 내륙에 홍수가 들이닥치고 그 위로 폭우가 내리치는 것도 본다. 온갖 것이 잠긴 2미터 깊이의 물에 누군가의 개 한 마리가 휩쓸려 떠내려가고, 누군가가 급히 개를 뒤따르는 것도 본다. 파라솔, 유아차, 책, 찬장, 새 사체, 방수포, 밴, 신발들, 코코넛나무, 문짝, 여자 시체, 의자, 지붕 들보, 십자고상, 깃발, 셀 수 없이 많은 병, 운전대, 옷, 고양이들, 문틀, 그릇, 도로 표지판 등등 온갖 게 흐른다. 바다가 마을로 굴러 들어오는 것을 본다. 공항이 무너지고 비행기들이 뒤집힌다. 다리가 폭삭 주저앉는다.

지구 오른쪽 어깨에서 은빛 균열이 막 생겨나기 시작하면 곧 동이 튼다는 신호다. 궤도가 북쪽으로 올라가면 구름이 흩어지고 태풍도 저 멀리 사라진다. 둥근 지구 저편에서 다가오는 대만과 홍콩의 불빛은 꼭 타

오르는 불길 같다. 대기광 고리는 네온 초록색이었다가 주황색으로 가라앉는다.

치에는 엄마가 살아 있는 꿈을 꾼다. 안도와 환희의 꿈이다. 치에의 밑으로 일본과 동아시아가 전면에 나타난다. 치에가 일어나 창을 내다본다면 태풍은 거의 보이지 않을 것이다. 그녀가 어린 시절을 보낸 곳들이 거침없이 지나가고 있는, 사랑스러운 행성만을 보게 될 것이다. 이제 저 아래 밤은 끝자락에 다다랐고, 대륙은 금빛으로 물든다.

궤도 14, 하행

기대되는 것들:
  자두
  오니기리
  스키
  열받아서 문 쾅 닫기
  욱신대는 발
  달걀프라이
  개구리 울음소리
  두툼한 겨울 코트
  날씨

목록 만들기는 어릴 적 치에가 마음이 소란스러울 때나 불안할 때 하던 습관이었다. 치에는 알 수 없는 분노의 단계에 들어서고 나서부터 없애고 싶은 사람들의 명단을 써 내려갔다. 어떻게 죽었으면 좋겠는지도 썼다. 자기 손으로 죽일 수야 없으니 죽음은 언제나 막을 수 있는 불의의 사고였다. 분노가 잦아들고서는 목록의 분위기가 달라졌으나 목록 자체는 사라지지 않았다. 치에의 부모는 목록 만들기가 딸이 감정을 다스리는 방법이라고 생각해 한 번도 말리지 않았고, 딱히 말을 얹지도 않았다. 지금도 치에가 힘들어질 때면 목록이 슬그머니 다시 나타난다. 가끔은 자신도 모르게 목록을 만든다. 치에에게는 목록 만들기가 손톱 물어뜯기나 이 갈기 같은 습관처럼 반사적인 안정을 가져다준다. 수면실에서 치에가 꿈을 꾸는 동안 목록들은 벽에 고정된 채 두둥실 떠 있다. 한번은 여덟 살 무렵에 **혼치 않은 것들** 목록을 만들었는데, 그중 하나가 여자 조종사였다. 엄마와 아빠, 선생님들에게 일본에 여자 조종사가 몇이나 있냐고 묻자 한 명도 없다는 대답이 돌아왔다. 적어도 군대에는 한 명도 없다고 했다. 그 순간, 굳세고 질서정연하며 겁이 없고 투명한 마음에 씨앗이 뿌려졌다.

안톤은 예닐곱 살 때 으레 애들이 그렇듯 우주선 모형을 만들고 놀았다. 재료는 주방 세제 병과 은박지였다. 못을 탈지면으로 둘둘 말아 우주비행사들도 만들었다. 안톤의 우주비행사들은 거의 날마다 우주유영을 했다. 우주유영을 대비해 늘 옷을 갖춰 입었다. 새하얗고 잔뜩 부푼 옷 때문에 팔다리도 분간되지 않았다. 우주유영을 나갈 때는 침대에서 미끄러지듯, 일어나자마자 출입구 밖으로 튀어나왔다. 안톤의 아빠는 깜깜한 방에 불을 비추면 그 길을 따라 공중의 먼지가 반짝이는 걸 볼 수 있다는 것을 보여 줬다. 안톤의 우주비행사들은 그곳으로 내보내졌다. 안톤은 엄지와 집게손가락으로 우주비행사들을 조심히 잡고서 별 무리 같은 먼지 사이를 둥둥 떠다니게 했다. 얼마 안 가 이것이 우주유영의 목적이 되었다. 더 깊숙이 있는 별들을 보러 가는 것.

지금 넬은 꿈속에서 슌과 함께 헤엄치며 챌린저호 우주비행사들을 수색 중이다. 꿈속에서 넬은 어린아이인데 정말 그렇게 보이지는 않고 지금 모습 그대로다. 하지만 넬은 원래도 꼬마 요정 같은 구석이 있어서 꿈에서 어린 넬과 다 큰 넬이 뒤섞이는 건 놀라운 일이 아니다. 두 사람은 잠수한다. 넬에게는 물속에서도 꺼지지 않는 촛불이 있다. 두 사람은 마침내 찾던 것을 발견하는데, 알고 보니 불이다. 해저에 피어 있는 모닥불. 모닥불의 불꽃은 미세중력 상태에서처럼 둥그렇다. 두 사람은 불을 가지고 배로 돌아간다. 사실 그 배는 바다 한가운데 떠 있는 바위다. 바위에는 넬의 엄마가 작은 원숭이를 안고 있다. 케이프타운 광장에서 봤던 그 원숭이인데, 꿈속에서는 낯설고 의미심장하게 보인다. 넬은 생각한다. 아, 알았다, 드디어 알았어, 이게 내가 우주에 온 이유야. 슬픔의 충격이 꿈을 폭파해 조각조각 박살낸다. 넬은 꿈에서 깬다. 꿈의 내용은 이해가 가지 않는다. 마음속에 남아 있기는 한데 단절되어 있다. 그저 오래전 세상을 떠난 엄마에 대한 해묵은 슬픔만이 있다. 불행이 아니라 찰과상 정도로 존재하는 슬픔이다. 다시 잠에 빠져들 때 넬이 보는 엄마는 그녀의 엄마가 아니라 치에의 엄마다.

　이상한 일이지만(자신들은 절대 모르겠지만) 숀도 둥그런 불꽃 꿈을 꾸고 있다. 미세중력 속 도넛 모양의 불꽃. 나머지 꿈의 내용은 다르지만, 똑같이 불꽃이 등장한다. 불꽃은 우주 속에서 빙글빙글 돌고 있다. 그게 꼭 꿈속에서만 유효한 논리에 따라 신의 존재를 부정하는 것 같아 숀은 마음이 불편하다. 그러다 도넛 불꽃이 태풍이 되고, 은하계를 빼닮은 나선 형체가 된다. 숀은 멀리서 지켜본다. 그는 밤사이 귀마개를 빼서 양손에 하나씩 가만히 쥐고 있다.

저는 엄마 배 속에서부터 우주비행사가 되기로 마음먹었습니다, 로만이 방에 가득한 사람들 앞에서 말한다. 세상에 태어나기도 전에, 탯줄로 숨을 쉬고, 무중력 상태로 헤엄치고, 내가 막 있다 온 무한의 세계를 알던 그때 우주비행사가 되기로 결심했습니다. 그러자 사람들은 농담을 듣기라도 한 듯 웃으며 손뼉 치지만, 로만은 사실 그대로를 말했을 뿐이다. 그래도 로만은 무척 기쁘다. 로만의 엄마와 아빠도 함께 손뼉을 치고 있다. 그 뒤에는 안톤이 있다.

비몽사몽 상태의 치에는 시코쿠 바닷가의 부모님 집에 가 있다. 태풍이 휘몰아치고 달은 옆으로 밀려났다. 치에는 엄마를 품에 꼭 안고서 현관 계단에 있다. 엄마는 아이가 되어 있고, 치에 손에 잡힌 엄마 손은 귤만큼 자그마하다. 맨 아래 계단까지 바닷물이 철썩인다. **괜찮아, 엄마.** 치에가 속삭인다. **다이조부데스, 괜찮아. 달에 착륙한 날이야, 위를 올려다봐.** 그러나 그들이 올려다보고 우주비행사들이 가고 있는 달은 지구 궤도를 반쯤 벗어나 있다. 우주비행사들도 찾아내지 못한다. 엄마는 말한다. **이럴 줄 알았지. 나는 늘 알고 있었다니까.** 치에는 천년이 지나도록 엄마를 안고 있다. 부서질 듯 껴안는다. 떠나는 게 아니었다고, 치에는 생각한다. 다시는 이렇게 멀리 떠나지 않아. 행성들이 지구를 돌고, 빛이 주황색으로 물들고, 지구가 바람에 떠밀린 달과 충돌하고, 치에와 엄마는 계속 계단에 있다. **다시는 떠나지 않아, 다시는 떠나지 않아.**

안톤은 달의 꿈을 세 번 반복해 꾼다. 마이클 콜린스처럼 안톤도 달 가까이에 홀로 떠 있다. 어디선가 중얼거리는 소리가 들려온다. 이번에는 목소리가 아니라 음악으로 바뀐다. 바이올린 음이 우주를 길게 펼쳐 내자 지구가 안톤 눈에 보이지 않을 만큼 아득히 멀어진다. 음악과 함께 모든 게 뒤틀린다. 그는 사랑에 빠진다. 누구와, 무엇과 사랑에 빠지는지, 어떻게 아는지 묻지 않는다. 그저 알 뿐이다. 이 나긋하고 황홀한 사랑을 더 잘 느끼고 싶어 우주복에서 기어 나온다. 우주복의 헬멧은 벗고 보니 큰 빨간 꽃이 달린 실크 **카르투스** 모자다.

피에트로는 꿈을 꾸지 않는다. 간만에 아무 생각도 하지 않는 곤잠에 깊이 빠져 있다. 호흡도 심장 박동도

튀지 않고 잔잔하다. 얼굴 주름이 펴진다. 몸은 원자-자아가 담긴 샘, 걱정을 잊은 부분들의 합이다. 끝없이 새로운 게 만들어지며 팽창하는 지구 밖에서는 그가 할 수 있는 게 아무것도 없음을 스스로 아는 듯하다. 이곳에서 우리 삶은 더없이 사소하지만 동시에 중대하다고, 되풀이되지만 동시에 유례가 없다고 당장이라도 일어나 말할 것만 같다. 우리 존재의 의미는 크지만 동시에 무의미하다. 인류 위업의 정점에 도달하고 보니 그것이 얼마나 미미한가를 깨닫게 되고, 아무것도 아니지만 무엇보다 중요한 존재가 이를 깨닫는 것이야말로 최고의 위업임을 비로소 이해한다. 우리를 공허와 갈라놓는 금속 물체 안에서 죽음은 너무나도 가까이 있다. 모든 곳에 생명이 있다. 모든 곳에.

궤도 15

이들은 남극 빙붕을 떠나 보이지 않는 무의 땅을 가로질러 어둠 속에서 북동쪽으로 향했다. 모두가 잠들어 있다. 아래로 밤에 잠긴 인도양이 미끄러지듯 지나가고, 지구의 존재는 어렴풋하다. 대기권에 희미하게 둘린 주황빛 선으로 저기 지구가 있음을 짐작한다. 저곳에 지구가, 친밀하고 충직한 달이 있다. 대기권 너머로 별들이 보여서 지구는 마치 바깥 테두리가 유리로 만들어진 것도 같고, 아니면 지구가 유리 돔 속에 들어 있는 것도 같다. 우주선이 끝없이 새로워지는 지평선을 향해 궤도를 도는 동안 수십억 별들은 세차게 위로 돌진하는 듯하다.

어쩌면 지금 유일한 존재는 이 우주선인지도 모른다. 보이지 않는 암석을 둘러 고요하게 미끄러져 간다.

어쩌면 초창기 탐험가들도 이랬을지 모른다. 아무것도 보이지 않는 밤의 바다에서, 아직 존재하는지도 확신할 수 없는 해안과 몇천 마일 떨어져 몇 개월을 있다 보면 지구와의 친밀함으로 충만해졌으리라. 지구에 자신들만 있다는 그런 느낌. 그리고 잠깐의 평화를 누렸을 것이다.

이곳 시계는 새벽 3시를 막 지났다. 저 아래 수십, 수백 마일 떨어진 검은 하늘에서 번개가 느리게 번쩍인다. 새틴 같은 어둠은 먹구름을 만나 뽀얗게 변한다. 적도가 가까워진다. 비명을 지르는 별, 거대한 베들레헴의 빛이 나타난다. 이들이 그걸 따라간다기보다 그것이 이들을 향해 다가온다. 여명의 파동이 밤을 뒤편으로 몰아내고, 구름은(소멸한 태풍의 잔해는) 보라색과 복숭아색으로 물든 사나운 봉우리다.

갑작스러운 햇빛이 심벌즈 소리처럼 쨍쨍 요란하게 퍼진다. 몇 분 후 이들은 바다에서 몰디브, 스리랑카, 인도 끝자락이 아침 빛에 무르익는 곳으로 들어선다. 만나르만의 얕은 바닷물과 모래톱. 오른쪽으로는 말레이시아와 인도네시아 해안이 있다. 바닷물은 모래와 조류와 산호와 식물성 플랑크톤 때문에 다채로운 녹색으로 빛을 발한다. 하지만 지금은 무리에서 벗어난 먹구름이 한 조각 굴러들어 와 평소라면 평온할 풍경이 피로하고 불안해 보인다. 인도 동부 해안을 올라가다 보면 구름은 듬성듬성해진다. 아침이 짙어지다가 잠깐 선명해진다. 이내 실안개가 벵골만으로 이동한다. 구름은 여러 가닥으로 성글어진다. 토사가 쌓인 갠지스강 어귀는 방글라데시로 이어진다. 짙은 흙빛 평원과 황토색 강, 1000마일 능선이 이어지는 진홍색 골짜기. 히말라야산맥은 서서히 서리로 뒤덮이고, 에베레스트는 알아볼 수 없을 만큼 작다. 그 너머 지구를 덮고 있는 것들은 선명한 갈색의 티베트고원, 빙하, 흐르는 강, 사파이어색으로 얼어붙은 호수들이다.

더 위로 올라와 중국의 크고 높은 산들을 대각선으로 가로지른다. 주자이거우 계곡의 멋진 가을 단풍이 희미한 적갈색 점으로 보인다. 고비 사막은 언뜻 평범해 보이지만 자세히 살피면 모래 속에서 물의 흐름을, 흙빛 속에서 담녹색 연보라색 레몬색 진홍색을 보고, 건조한 땅을 기름이 쏟아진 웅덩이로 표현하고, 협곡을 진주조개로 그리는 화가의 거침없는 붓놀림이 보인다. 그 위를 지나 북쪽 궤도로 진입하면 오후의 북한이

나오고 더 위로 가면 홋카이도다. 일본은 소실점으로 이어지는 가느다란 가닥이다. 열여섯 시간 전에 지났던 열한 번째 전 궤도에서는 내려가는 길에 이 지점을 지났지만, 이번에는 올라가는 길에 스쳐 지난다. 태평양 해령을 따라 펼쳐진 러시아 섬들을 가로질러 베링해를 건넌다. 이제 육지는 비단 조각처럼 미끄러져 멀어진다.

 궤도를 돌다 보면 대륙을 등반하는 듯한 느낌이 든다. 지구 정상을 오르고 넘어간다. 넓고 또렷한 호를 그리며 북태평양도 오르고 건넌다. 이들의 궤도는 지구 주위를 일직선으로 돌게 되어 있지만, 지구의 자전 때문에 그 경로가 북극권 한계선 가장자리부터 남쪽 바다까지 위아래로 큰 기복을 그리며 도는 것처럼 나타난다. 최북단에 이른 지금부터는 다시 하강한다. 저 멀리 왼쪽으로 보이는 부드럽고 아삭한 얼음 사탕은 알래스카다. 구름 한 점 없이도 하얗고 똑 부러질 것만 같은 사탕. 구름이 더 아래 남쪽에서 뭉치면 온통 보이는 풍경은 부빙과 구름으로 이뤄진 액체 소용돌이뿐이다. 알래스카반도가 긴 꼬리를 남긴다. 육지와 피오르와 작은 만이 얼핏 보인다. 산맥의 등뼈. 가늘어지는 부빙. 왼편으로 보이는 캐나다 해안은 바다라기보다 아무렇게나

난도질당해 조각난 땅 같다.

이곳에 오기 전까지는 세상 반대편에 대한 감각이 있었다. 머나멀어서 닿지 않는 그런 곳. 그런데 이제 이들은 대륙들이 웃자란 정원처럼 서로 달려드는 모습을 보고 있다. 아시아와 오스트랄라시아는 하나도 분리되어 있지 않으며 사이에 있는 섬들로 이어져 있다. 러시아와 알래스카도 그렇게 맞닿아 있다. 물 한 방울도 둘을 갈라놓지 않는다. 팡파르 소리도 없이 유럽과 아시아가 만난다. 대륙들과 나라들이 잇따른다. 지구는 작지 않지만 거의 끝없이 이어진다. 유려히 흐르는 운문들의 서사시다. 상충한다는 것은 상상할 수도 없다. 타래가 풀리듯 바다가 다가오고, 계속 다가오고 다가오고 다가오는 동안에도, 윤기 나는 파란색을 제외하면 육지는 물론 보이는 게 아무것도 없을 때도, 아는 나라들이 죄다 우주 동굴 속으로 미끄러져 들어간 것처럼 보일 때도 다른 무언가를 기다릴 필요가 없다. 다른 무언가는 없기 때문이다. 한 번도 그랬던 적이 없다. 그러다 육지가 다시 나타나면 정신을 뺏어 간 꿈에서 막 깨어난 것처럼 참, 육지가 있지, 하고 생각하고, 그러다 또 바다가 나타나면 꿈속의 꿈에서 막 깨어난 것처럼 참,

바다가 있지, 하고 생각한다. 그렇게 겹겹이 꿈에 싸여 나중에는 출구를 찾을 수 없고 빠져나갈 생각조차 하지 않게 된다. 그저 100마일 깊숙이 꿈속에서 떠다니고 회전하고 비행한다.

저기서 밤이 끝나 가고 있다. 멀리 동쪽에서 지평선이 부예진다. 이곳은 아직이지만, 이들이 저곳을 바짝 쫓는다. 아래에는 태평양이 있다. 뒤틀린 곡선을 그리며 멀어지는 것은 눈 덮인 시에라네바다 봉우리들이다. 줌 렌즈로 들여다보면 아주 멀리 바다에 있는 땅덩어리 위에 새겨진 샌프란시스코와 로스앤젤레스와 샌디에이고가, 흰색으로 날카롭게 경계 지어진 해안선이, 그슬린 관목 지대의 잿빛이 보인다. 바하칼리포르니아의 비옥한 해안 평야와 중앙아메리카의 앙상한 목도 역시나 비뚜름하게 멀어진다.

지구를 이렇게 빠르게 지나치다 보면 가끔 지치고 어리둥절해질 때가 있다. 대륙 하나를 지나친 지 15분도 되지 않아 다음 대륙을 통과한다. 사라져 버린 대륙을 떨쳐 내기 힘들 때도 있다. 왔다가 떠나간 대륙에서 일어나는 모든 삶이, 그 감각이 가시지 않고 남는다. 대륙들이 열차 창밖의 벌판과 마을처럼 획획 지나간다.

낮과 밤, 계절과 별, 민주주의와 독재. 멈추지 않는 트레드밀에서 자유로워지는 순간은 밤에 잠잘 때가 유일하다. 그러나 잠잘 때조차 옆에 누워 있는 사람의 인기척을 느끼듯 지구의 회전을 느낄 수 있다. 거기 있음을 느낀다. 일곱 시간의 밤을 뚫고 나오는 낮을 빠짐없이 느낀다. 활기찬 별들과 바다의 기운과 비틀대는 빛을 피부로 느낀다. 만일 지구가 1초라도 자기 궤도에서 멈춘다면 무언가 잘못되었음을 직감하고 화들짝 놀라 일어날 것이다.

동이 트고 어느덧 40분이 지났다. 이제 동쪽에서부터 밤의 그림자가 슬그머니 다가온다. 왼쪽으로 보이는 얼룩 정도로, 크지 않다. 파란색이 보라색으로 바뀌지만 그게 다다. 초록색도 보라색으로, 흰색도 보라색으로, 아메리카 대륙 또는 남은 게 뭐든 모두 보라색으로 변한다. 아니, 아메리카는 사라지고 없다. 밤이 지구의 푸른 직물을 풀어 헤친다. 다시 북쪽에서 남쪽으로 적도를 넘는다. 달은 어슴푸레하고 한층 더 토실해졌다. 명암 경계선이 갑자기 불쾌해진 듯 지구 표면에서 낮의 빛을 쓸어 버리고, 어디선가 별들이 스노드롭 꽃송이처럼 만개한다. 우주비행사들은 자면서도 난데없는 밤의 무게를 느낀다. 누군가 지구의 커다란 전구를 꺼 버렸다. 모두 좀 더 곤히 잠든다.

이제 바다다. 남태평양의 에콰도르와 페루 앞바다에 있는 키토와 리마, 두 도시가 육지를 예고한다. 1000마일의 번개가 해안을 치고, 2000마일의 비구름이 바다 위에 자리를 잡고, 4000마일의 산등성이가 성벽을 이룬다. 어떤 도시도 보이지 않는 짙은 어둠 한가운데, 주황색 점들이 점점이 박힌 1000마일의 조각보는 열대우림이 불타는 곳들이다. 불은 안데스산맥 자락까지 이어진다. 브라질 동부를 넘어 파라과이와 아르헨티나까지 내려가고, 거기서 궤도는 불타는 대륙을 건넌다. 저 아래 부에노스아이레스에 1200만 명이 살아간다. 중심부가 교외로, 농지로, 암흑으로, 강이 어귀로, 바다로, 그리고 높이 있는 남극권으로 이어진다.

지구 맨 아래 밤의 땅은 황혼에 잠긴 남극점의 기묘한 분위기가 감돌지만, 이 극지방의 하늘은 짙고 은하로 가득하다. 은하수의 심장을 똑바로 들여다본다. 끌어당기는 힘이 어찌나 강력하고 매혹적인지 어떤 날 밤에는 궤도가 지구와 떨어져 저 은하수를 향해, 저기 깊고 밀도 높은 별들 속으로 나아가는 느낌을 받기도 한다. 무수히 많은 별이 각자의 빛을 발하니 더 이상 어둡다고 말할 수 없다.

이제 아프리카 최남단까지 2000마일쯤 육지 없이 남대서양을 한참 지난다. 그러나 만일 선원들이 계속 내다보며 시야에 적응했다면 공허함은 느끼지 않았을 것이다. 도리어 절대 헤아릴 수도, 이해할 수도 없는 어마어마한 위안만을 받았을 것이다. 이번 밤 동안 우주선은 한참이나 세상에 파묻힌 채 나아간다.

갈고리 모양 발톱 같은 케이프타운의 불빛은 수천 마일 펼쳐지는 대륙의 시작 또는 끝을 가리킨다. 상행 궤도는 케이프타운 해안 위로 올라가 모잠비크, 탄자니아, 케냐, 소말리아를 지난다. 달빛 비치는 밤의 아프리카는 탁한 갈색이다. 구름은 드문드문 끼어 있고 대륙 전역에서 번갯불이 번쩍인다. 도시 불빛은 조심스럽고 듬성듬성하다. 여기 마푸투가, 저기 하라레가, 저 멀리 루사카가, 앞에는 몸바사가 있다. 이 도시들은 저마다 태피스트리 직물에 얹어진 작은 금화 더미다. 야간 조명이 깔린 도로나 무분별하게 뻗쳐 나가는 도시 무엇과도 이어져 있지 않다. 허공 속으로 기우는 지구 위 인간의 아름답고 포근한 빈곤. 추락할 것 같다가도 그때마다 더 많은 땅이 나타나고, 그렇게 아덴만을 건너 중동을 향해 그 흔적을 따라간다.

아라비아해 살랄라의 불빛, 잔잔하게 소용돌이치는 사막에 부는 날카로운 소리. 조금 전까지는 아부다비, 도하, 무스카트가 먼 해안을 장식했다. 이제 시간이 다 되었다. 태양이 또 한 번 떠오르고 은빛 검이 밤을 푹 찌른다. 선원들이 우주에 있는 동안 수천 번의 일출이 있었고 그중 수백 번은 이들이 직접 지켜봤다. 지금 깨어 있다면 수면실에서 나와 또 한 번의 일출을 봤으리라. 어떻게 이곳 풍경은 이렇게 끝없이 반복되면서도 매번 새롭게 태어나는가. 이들은 돔 창문의 셔터를 올리고 자신들이 진공 우주 속에 외딴 머리와 몸통으로 존재한다는 사실을 자각한다. 호흡할 수 있게 산소가 있는 작은 공간에 이들이 떠 있다. 감당할 수 없는 감사함이 밀려온다. 어떤 말이나 생각도 그와 견줄 수 없다. 그래서 잠시 눈을 감는다. 지구는 여전히 생생하고 기하학적으로 완벽한 구체의 형태로 이들의 눈꺼풀 안쪽에 존재한다. 단순히 잔상인지 아니면 지구를 너무 잘 알고 있어서 보지 않고도 그릴 수 있는 정신의 투영물인지는 알 수 없다.

해가 뜰 때마다 줄어들거나 사라지는 것은 없다. 그리고 일출은 매번 이들에게 놀라움을 안긴다. 빛의 칼날이 벤 자리에서 태양이 찰나의 완전한 별로 터져 나와 양동이를 뒤집은 것처럼 빛을 쏟아 내어 지구가 빛에 잠길 때마다, 순식간에 밤이 낮이 될 때마다, 지구가 잠수하는 생물처럼 우주로 가라앉아 깊은 우주에서 날마다 또 다른 하루를 발견할 때마다, 90분마다 돌아오는 하루, 무한히 공급되는 새날을 발견할 때마다 이들은 놀란다.

새벽빛에 표백된 오만만의 도시들이 뒤에 남겨진다. 장밋빛 산들, 연보랏빛 사막, 그 위로 아프가니스탄, 우즈베키스탄, 카자흐스탄이 나온다. 둥그렇고 희미한 구름 뭉치는 달이다. 카자흐스탄을 지날 때면 자신들이 저곳에서 지구를 떠나왔으며 다시 저곳으로 돌아가리라는 사실이 제대로 실감 나지 않는다. 집으로 돌아가는 유일한 방법은 유리창을 검게 그을리는 화염에 싸여 대기권을 뚫고 날아가, 부디 열 차폐막이 버텨 주고 낙하산과 역추력 장치가 제구실을 하고 수천 개 부품이 움직이고 작동하기를 기도하는 것뿐이다. 인간이 대기권이라고 부르는, 일렁이는 저 선을 이들이 뚫고 지나가야 한다는 게 쉽사리 와닿지 않는다. 맹렬히 불타는 캡슐 속에서 열기와 충격을 견디고 재빠르게 보조 낙하산을 펼치고 내려가 카자흐스탄 평원의 수풀과 야생마들을 보게 된다는 게 말이다.

선원들이 자는 동안 우주선은 꼬박 90분이 걸려 지구를 한 바퀴 더 돌았다. 오늘 열여섯 번 도는 궤도 중 열다섯 번째 궤도였다. 이제 오른쪽을 바라보면 눈 덮인 히말라야산맥이 도로처럼 쭉 뻗은 풍경이 펼쳐진다. 광활하고 탁 트인 도로가 끝없이 이어진다. 산맥 남쪽으로는 도시 라호르와 뉴델리가 있는데, 찬란한 낮의 햇살에 풍경이 하얗게 바래 사라지고 마치 인류가 존재하지 않는다는 듯 광막한 지형에 삼켜진다. 산맥만이 계속해서 남쪽으로 이어진다.

러시아는 아침이 한창이다. 지구는 날카로운 빛을 받아 또 한 번 칠흑 같은 우주 속 유리구슬이 된다. 인접한 별들과 행성들을 더는 볼 수 없게 된 지금, 지구는 상실감에 빠졌고 연약해졌다. 그러나 동시에 그 반대의 존재가 되어 있다. 지구의 흠 없는 표면 위에는 깨트러질 게 아무것도 없다. 그냥 아무것도 없는 것처럼 보인다. 자세히 들여다볼수록 지구는 물질성이 희미해지고 환영이나 성령에 가까워진다.

    전 지구가 발아래를 지나갔다. 앞으로도 계속 그럴 것이다. 이들은 궤도를 한 번 돌 때마다 서쪽으로 몇 도씩 이동할 것이고, 90분이 지나 궤도가 다시 북쪽을 향하게 되면 새 하루가 밝는 동유럽 위를 건널 것이다. 그렇게 새로운 나날 중 또 한 번의 새날이 시작된다. 지구는 파란 고리 모양이고 눈으로 뒤덮여 있다. 궤도는 북쪽으로 올라갈 수 있는 데까지 올라가 북극권 한계선의 아래쪽 가장자리에서 곡선을 그리기 시작한다. 그 너머 북극점은 절대 모습을 드러내지 않는다. 이제 러시아에서 내려와 5000마일 간 이어지는 태평양 길로 향한다.

궤도 16

달 우주비행사들이 작은 골무처럼 생긴 사령선을 타고 달 궤도를 향해 가고 있다. 지금 그들은 플라이바이 첫 단계에 진입하고 있다. 지상관제 팀의 교신 담당자가 말한다. 세상에서 번개를 가장 여러 번 맞은 사람의 기록이 깨진 거 알아요? 원래 일곱 번이었는데 지난주 중국에서 어떤 남자가 여덟 번째 번개를 맞았대요. 달 임무 팀원 중 하나가 반응한다. 오, 피뢰침이라도 갖고 다녔대요? 사람들은 기록을 깨려고 그런 일들을 하지, 다른 팀원이 웃으며 말하자 교신 담당자는 참고로 번개에 맞아 죽는 사람의 84퍼센트가 남자라고 덧붙인다. 여자 팀원은 그게 당연하다고 한다. 바보짓 하다가 일찍 죽는 건 남자니까. 그나저나 어젯밤 말해 준 그 사건은 어떻게 됐어요? 이탄 습지에 빠졌다는 소 말이에요. 교신 담당자가 대답한다. 건져 올렸대요. 종일 빠져 있었는데 사람들이 밧줄을 미쓰비시 트럭에 연결해서 꺼내 올렸답니다. 소가 답례로 우유라도 좀 줬으려나요. 거기서 달은 어떻게 보여요? 뚱뚱한 노인처럼 그늘지고 회색이에요, 우주비행사들이 말한다. 두들겨 맞은 것처럼 생겼는데 편안해 보이기도 하네요. 달의 남극점에 도착하면 착륙 지점이 대강 보일 거예요. 생각했던 것보다 멋진데요. 남은 아홉 시간 동안 별 탈 없이 안전히 가시길, 교신 담당자가 말한다. 신의 보살핌과 행운이 따르기를, 한 팀원이 말하자 또 한 명이 덧붙인다. 소를 구한 모든 노력이 우리도 살릴 거야.

외부에서 보면 달 우주비행사들은 회전하는 두 천체 사이에 인간이 만들어 놓은, 오랫동안 아무도 다니지 않은 길을 가고 있는 것처럼 보인다. 그런데 그들은 외롭게 모험을 떠난 게 아니다. 인공위성 무리와 바글바글 궤도를 도는 작은 물체들, 자리에서 밀려난 2억 개의 물체들 사이를 지나고 있다. 작동 중인 인공위성들, 산산조각이 난 인공위성 잔해들, 자연위성들, 페인트 쪼가리들, 얼어붙은 엔진 냉각수, 로켓 상단 엔진, 스푸트니크 1호와 이리듐 33호와 코스모스 2251호의 잔해들, 고체 로켓의 배기 입자, 누군가가 잃어버린 연장 가방, 잘못 둔 카메라, 놓쳐 버린 펜치와 장갑. 시속 2만 5000마일의 속도로 궤도를 돌며 우주를 깔끄럽게 만드는 2억 개의 물체들.

외부에서 보면 달 우주선이 이런 쓰레기장 사이를 살금살금 지나는 게 보인다. 우주선은 태양계를 통틀어 가장 붐비고 쓰레기로 넘치는 지구 저궤도에 있다가 분사 연료를 사용해 가장 덜 어수선하면서 달로 가기에 가장 수월한 경로로 이동한다. 억만장자 로켓을 타고 최대 속력으로, 쓰레기장 밖으로, 멀리멀리 달아난다. 부서지고 불타고 폭풍이 치고 동요하는 지구에서 멀리, 범죄 현장에서 달아나듯 떠난다. 뿌리째 뽑아내고 내동댕이치는 무자비한 태풍, 도로를 덮친 집들이 급류처럼 쓸려 가고 피해를 헤아릴 수조차 없는 재앙적인 폐허에서 멀리. 비스듬한 궤도를 따라 미약하게 비틀대는, 급소에 총을 겨눈 인류에게 인질로 잡혀 있는 행성에서 멀리 벗어나 정복을 기다리는 미개척 광야로 향한다. 정복하기 좋게 무르익은 새로운 검은 황금의 땅을 향해, 25만 마일의 우주 잔디를 헤쳐 간다.

매일 쏟아지는 공격을 견디며 여기저기 움푹 찌그러

진 튜브 형태 모듈에 안톤, 로만, 넬, 치에, 숀, 피에트로가 잠들어 있다. 저마다 수면실에 박쥐처럼 매달려 있다. 안톤은 뺨에 주먹이 스쳐 잠깐 잠에서 깬다. 처음이자 유일하게 든 생각은 달로 떠난 우주선에 대한 궁금증이다. 뒤이어 즐거웠던 어린 시절이 비눗방울처럼 빵 터지는 날카로운 느낌과 함께 다시 잠에 빠져든다. 피에트로의 머리 근처 장비에 고정된 모니터에 무음으로 아내의 메시지가 도착한다. 메시지에는 참혹한 태풍 피해를 보도한 뉴스 링크가 있다. 메시지는 아침이 밝을 때까지 읽지 않은 채 그대로일 것이다. 숀의 모니터 화면에도 읽지 않은 메시지가 와 있다. 트램펄린에서 뛰는 염소 영상을 딸이 보내왔다. 다른 설명 없이 **사랑해!** 라고만 쓰여 있다.

    모듈 내부는 컴컴하고 셔터가 모두 내려가 있다. 로봇 워크스테이션, 저항력 훈련 장비, 지상에서 지금 막 업로드하고 있는 다음 날 근무 일정이 저장된 컴퓨터, 카메라와 현미경, 화물 자루들, 실험실 글러브박스, 바이오 생성 실험실과 실험 쥐 상자, 물이 담긴 팩을 보관해 둔 **연못**, 안톤이 키우는 양배추와 완두콩 싹, 에어록에서 우주 특유의 탄 냄새를 풍기며 경박하게 까딱이는 꼭두각시 우주복들.

아침 5시가 다 되었다. 로만은 알람이 울리기 전 얕은 잠을 자면서도 지금쯤 자신들이 투르크메니스탄, 우즈베키스탄 근처 어딘가를 돌고 있다는 것을 안다. 그렇다면 왼쪽으로 저 멀리 흑해와 카스피해 사이에 외로이 갈고리 모양으로 걸려 있는 러시아 남서부가 보인다는 소리다. 밤새 도시들에는 겨울 첫 가랑눈이 내렸다. 검은 뱀이 눈밭을 어슬렁대는 듯한 볼가강의 불룩한 강변에 사마라와 톨리야티가 있다.

마치 모든 궤도가 로만의 머릿속에 입력된 듯하다. 우주에 온 지 이제 반년 정도가 지났으니 자신들이 지구 위 어디를 지나는지, 궤도가 어떻게 나아가는지, 어떤 패턴을 반복하는지를 안다. 자는 동안에도 톨리야티 대성당의 황금 돔에 반사되는 태양 빛을 아득히 감지한다. 그 빛은 허공에서 나타난 듯 난데없이 번쩍인다. 남쪽으로 더 내려가면 우주로 출발하기 위해 스타 시티에서 카자흐스탄으로 날아갈 때 상공에서 보게 되는, 삼각 모양의 볼고그라드가 나타난다. 비행기에서 볼고그라드를 본다는 건 러시아와 모든 것, 모든 사람을 뒤로하고 카자흐스탄 국경에 가까워졌음을 의미한다.

바깥 선체에 생긴 균열은 1에서 2밀리미터쯤 되는데, 그 자리가 항공 지도 위 다른 강과 합쳐지는 볼가강 선과 거의 정확히 일치한다. 이 균열은 건너편 얇은 합금 벽에 나 있다. 로만의 머리가 있는 곳과 그리 멀지 않고, 에폭시와 캡톤 테이프로도 틀어막을 수 없다. 러시아 모듈의 기압은 아주 미세하게 내려간다. 감지할 수 없을 정도이니 위급한 것은 아니다. 시계는 기상 시간을 향해, 또 한 번 인간이 만든 정신없는 하루의 시작을 향해 가고 있다.

우주선을 쭉 따라 점점 작아지는 출입구와 낡아 가는 모듈을 통과해 후미까지 가면, 안톤과 로만이 자는 낡은 소련 벙커가 나온다. 저녁을 먹고 남은 것들이 테이블에 흩어져 있다. (이번 팀의 나쁜 습관은 식사 자리를 다음 날까지 치우지 않는다는 것이다.) 숟가락 몇 개가 벨크로로 붙어 있고, 그 옆에는 진공 포장된 올리브 팩 두 개가 고정되어 있다. 안에는 올리브 대신 보르쉬가 묻은 냅킨들이 가득하다. 벌집 꿀 부스러기 네 개가 공기를 한쪽으로 밀어내는 모듈 환기구와 다른 방향으로 당기는 우주선 환기구 사이 힘의 균형에 갇힌 채 공중을 하릴없이 떠돈다. 그 밑에는 빵 조각 팩이 밀폐된 채 벽에 걸려 있다.

부스러기 네 개에서 한 발짝쯤 떨어진 곳에 로만의 영웅인 세르게이 크리칼료프 사진이 있다. 늘씬하고 단정한 용모에 작은 귀와 파란 눈, 살짝 우울해 보이는 표정은 읽기 힘들고 모나리자 같은 미소를 띠고 있다. 이 우주선에 맨 처음 탑승한 두 명 중 한 사람이 바로 크리칼료프였다. 창밖으로 적나라한 어둠을 향해 처음 빛을 비춘 인간도 바로 그였다.

크리칼료프는 무언가 끝나 가고 있다는 것을 아는 듯하다. 좋은 것들은 모두 이 방향으로, 갈라지고 흩어지는 쪽으로 가게 되어 있다. 그동안 숱한 우주비행사들이 이곳을 다녀갔다. 여기 궤도 실험실, 신중하게 통제된 환경에서 평화를 육성하는 과학 실험을 그들도 거쳐 갔다. 결국 이것은 끝날 것이다. 애초에 이걸 가능하게 했던 부단한 노력을 통해 끝나게 될 것이다. 더 멀리, 더 깊이 나아갈 것. 달, 달을 향해서. 화성과 달을 향해. 그보다 더 먼 곳으로. 인간은 가만히 있도록 만들어진 존재가 아니었다.

어쩌면 우리는 새로운 공룡, 경계해야 하는 존재들인지도 모른다. 그래도 모든 역경을 무릅쓰고 화성으로 건너가 온화한 수호자들의 식민지를 세우게 될 수도 있다. 붉은 행성을 계속 붉게 지키고픈 사람들이 되어 지구에는 없었던 행성 깃발을 만들 것이다. 어쩌면 우리가 이렇게 흩어진 게 행성 깃발이 없어서는 아닐까 생각하면서. 우리는 회복 중인 지구가 희미한 파란 점으로 빛나는 모습을 바라보며 이렇게 말할 것이다. 기억나? 그 이야기 들어 봤어? 부모 행성이 또 있는지도 몰라. 지구가 어머니였다면 화성은, 혹은 아무개 행성은, 우리의 아버지가 될 거야. 그러니까 우리가 꼭 그렇게 고아가 될 운명은 아니야.

사진 속 크리칼료프는 피조물을 지켜보는 신처럼 끈기 있게 참으며 밖을 내다보는 것처럼 보인다. 그가 생각하는 인류는 바다에 나가 있는 선원 동지들이다. 이 나라나 저 나라만 인류에 해당하는 게 아니다. 무슨 일이 있어도 언제나 모두가 함께다. 크리칼료프는 80데시벨로 영원히 진동하는 모듈에서도 시간을 초월한 고요함 속에 있다. 초록색 벨크로가 붙은 가연성 벽이 공기가 통하지 않게 그의 주위를 둘러싸고 있다. 매일, 매주, 선체 균열이 넓어질수록 크리칼료프의 미소는 더욱 당당해지고 신성해진다.

빛이 있으라, 하고 조용히 말할 것만 같다.

숲속에 웅크리고 자리 잡은 예배당 제단 뒤편에 40명이나 50명쯤 되는 사람이 몸을 숨기고 있다. 홍수로 지붕까지 물이 차올랐다. 예배당에서 해안으로 가는 길목에 1마일 동안 펼쳐진 코코넛 농장은 밀려들어 온 물로 완전히 침수되었지만, 예배당은 나무들이 완충 역할을 해 줘서 살아남았다. 바다를 향해 있는 동쪽 면은 다행히 창문이 없고, 다른 쪽 창문들은 아직 멀쩡하다. 예배당 문이 힘겹게 물의 무게를 버텨 주고 있다. 콘크리트 벽은 금이 갔지만, 역시나 버텨 준다. 구부러진 대들보 밑 천장에서 석고 덩어리가 떨어진다. 앞창 밖으로 상어 사체가 둥둥 떠내려간다. 바람이 잦아들고 있다. 지붕을 때리는 바람 소리는 건물 안에 있는 사람들 귀에 더 이상 들리지 않는다. 물이 빠져나갈 때까지 몇 시간만 더 버티면 예배당은 홍수를 이겨 낼 수 있으리라. 그들은 기도한다.

아기 예수가 자신들을 구원하리라고 그들은 믿고 있다. 종교가 없거나 독실하지 않은 사람들도 이제는 그렇게 생각한다. 아기 예수를 본뜬 작은 자수 인형 주위로 모여서 기도하고 또 기도한다. 몇 시간째, 문 앞까지 들이닥친 바다를 등지고 서서, 속삭이고 중얼거리고 서로를 껴안으며, 지금 자신들이 기적을 보고 있노라고 생각한다. 그렇지 않고서야 예배당 건물이 이렇게 버티고 있을 수 없다. 불가능한 일이다. 이 정도로 날뛰는 태풍이면 예배당보다 훨씬 크고 튼튼한 건물도 무너졌을 것이다. 하지만 아기 예수가 유리 보관함에 있는 한 그들은 무사할 것이다. 사람들은 아기 예수 인형을 선반에서 꺼내고 주위를 둘러싼 뒤 감히 움직이지 못한다. 어찌 된 일인지 겁에 질려 까무러치게 울던 아이들도 이제 곤히 잠들었다.

책상다리를 하고 앉은 어부의 아내는 아이 하나를 그 위에 앉히고 또 하나를 곁에 앉혔다. 나머지 두 아이는 어부의 무릎을 베고 웅크려 잠들었다. 어부는 오른손으로 한 아이 이마를, 왼손으로 다른 아이 이마를 어루만진다. 아내는 대피하다가 금속판에 어깨를 베여 상처가 났지만, 아무 불평도 하지 않는다. 기묘한 물빛이 예배당을 가득 채우고, 짠 내와 젖은 나무 냄새가 진동한다. 아이들은 무사하다. 바다는 더 이상 들이닥치지 않고 제풀에 지쳤는지 잠잠하다. 바람이 잦아든다.

우주에서 필리핀과 인도네시아는 정교한 구름에 뒤덮여 보이지 않는다. 여러 겹의 소용돌이와 회오리를 이룬 구름은 이제 곧 서쪽으로 밀려날 것이다. 태풍은 육지를 들이박고 산산조각이 났다. 섬들은 몇 시간 전보다 작아졌고 홍수로 모양이 달라졌다. 최악의 상황은 지나갔다.

동쪽 태평양에서부터 무자비한 열기가 방향을 틀어 환하게 몰려온다. 마지막으로 하강하는 열여섯 번째 궤도에서 그것은 해체된 빛이 구리색으로 찬란히 물든 모습으로 보인다. 물도 아니고 흙도 아니다. 그저 광자光子들이어서 잡히지 않으며 가만히 남아 있지도 않다. 남태평양 한 자락에서부터 급격히 밤이 깊어지면 그제야 흐트러진다.

이로부터 몇 년 후, 지금 지나고 있는 태평양의 바로 이 지점에서, 이 우주선은 우아하게 궤도를 벗어나 대기권을 뚫고 바다로 떨어질 것이다. 잠수함들이 잔해를 찾아 내려갈 것이다. 그러나 그건 3만 5000번의 궤도만큼 떨어져 있는 일이다. 이 궤도는 남극 대륙에서 오로라가 깜빡이고 달이 찌그러진 자전거 바퀴처럼 커다랗게 뜨는 가장 깊은 가장자리까지 도달한다. 수요일 아침 5시 30분. 달 착륙 날이다. 별들이 폭발한다.

우주 물체들이 빛을 발산하면 전자기 진동이 진공에 파문을 일으킨다. 이 진동을 소리로 변환한다면 행성은 저마다의 음악을, 빛의 소리를 갖게 된다. 자기장과 전리층의 소리, 태양풍의 소리, 행성과 대기권 사이에 갇힌 전자파의 소리.

해왕성 소리는 액체처럼 쏟아진다. 울부짖는 태풍에 밀려 뭍을 덮치는 파도의 소리다. 토성 소리는 제트기에서 나는 음속 폭음이다. 발에서부터 올라와 뼈마디를 울린다. 토성의 고리는 또 다르다. 버려진 건물을 쓸고 가는 강풍 소리지만 느리고 뒤틀렸다. 천왕성은 정신 나간 것처럼 끽끽 소리를 쏘아 댄다. 목성의 위성인 이오는 금속 조음기가 힘차게 흥얼거리는 소리를 낸다.

그리고 지구의 소리는 오케스트라처럼 복잡하다. 조율하지 않은 채 활을 켜고 목관 악기를 부는 밴드 연습 소리, 전속력으로 질주하며 뒤틀리는 엔진의 광활한 소리, 은하계 부족들이 빛의 속도로 벌이는 전쟁 소리, 습한 열대 우림 아침에 반사되어 퍼지는 새들의 지저귐, 일렉트로닉 트랜스 음악의 도입부, 그리고 배경으로는 울림소리가, 빈 목구멍에 모이는 소리가 깔린다. 화음이 어설프게 형체를 잡아 간다. 아주 멀리 떨어진 목소리들이 합쳐진다. 천상의 지속음이 잡음을 뚫고 길게 펼쳐진다. 아주 신중하게 시작되는 합창 소리처럼 노래가 터져 나올 것 같다고, 당신은 생각한다. 그리고 윤이 나는 구슬 행성은 잠깐이지만 아주 달콤한 노래를 부른다. 지구의 빛이 합창한다. 그 빛은 1조 개 물체들의 앙상블이다. 짧은 순간에 모여 하나가 되고는, 거칠고 경쾌한 세상의 잡음 은하계 목관 악기 열대 우림 트랜스 음악으로 요란하게 뒤죽박죽 다시 흩어진다.

감사의 말

풍부한 자료를 제공해 준 NASA와 ESA에 감사드린다. 여러 방면으로 도움을 준 작가협회, 산타 막달레나 재단, 야로 사벨리예바, 폴 린치, 맥스 포터, 네이선 파일러, 알 핼크로, 세런 애덤스, 데이나 프리스, 릭 휴이스, 애나 웨버, 엘리자베트 슈미츠, 데이비드 밀너, 젤리카 마로셰비치, 제인 링크, 에마 로페스, 미할 샤비트, 그리고 (나를 여기까지 오게 해 준) 댄 프랭클린에게, 정말로 감사하다.

궤도

초판 1쇄 발행 2025년 6월 20일
초판 6쇄 발행 2025년 12월 1일

지은이	서맨사 하비
옮긴이	송예슬
펴낸이	이영선
책임편집	이현정
편집	이일규 김선정 김문정 김종훈 이민재 이현정 조유진
디자인	김회량 위수연
독자본부	김일신 손미경 정혜영 김연수 김민수 박정래 김인환

펴낸곳 서해문집 | 출판등록 1989년 3월 16일(제406-2005-000047호)
주소 경기도 파주시 광인사길 217(파주출판도시)
전화 (031)955-7470 | 팩스 (031)955-7469
홈페이지 www.booksea.co.kr | 이메일 shmj21@hanmail.net

ISBN 979-11-94413-39-4 03840